Taufan S. Chandranegara

FIKSI SAINS ALEGORI
SILAT

Cogan Alam

Purmana

PIMEDIA

Fiksi Alegori Silat: Cogan Alam Purnama
Taufan S. Chandranegara

Desain Sampul: Taufan S. Chandranegara
Tata Letak: Tim Pimedia

Diterbitkan oleh PIMEDIA Bandung
Cetakan pertama, 2022

ISBN 978-623-6488-65-2

Dicetak oleh PIMEDIA Bandung.

pengantar: N. Riantiarno
Taufan S. Chandranegara
mencari saudara kembar
di antara badai hipokrisi
ALEGORI SILAT
Cogan alam purnama
1

Melatikrisan, aku, ada, di antaranya.

Pada ketika cinta kita.

Imajinasi Kreatif Taufan

N. RIANTIARNO. Budayawan dan Dramawan.

Saya, dalam beberapa sisi, kadang-kadang, sesungguhnya tidak membutuhkan tulisan kalimat yang utuh dan menyeluruh. Meski saya selalu mementingkan kalimat yang ditulis sebaiknya utuh-menyeluruh, agar kisah yang dibikin bisa dilihat secara lebih memadai. Masuk ke dalam imajinasi kita. Kalimat yang ditulis, itu yang menurut saya paling penting. Melalui kalimat yang terbaca, maka cerita tulisan jenis apa pun: cerpen, novel, silat, esei, perjalanan, dan lakon, apa pun, menjadi sesuatu yang kemudian akan tergambar dalam imajinasi.

Tioning pada suatu saat, belajar kepada seorang Mahaguru, yang taruhkata memiliki kepandaian ampuh, sehingga dia kemudian menjadi jagoan yang, mungkin, tak terkalahkan. Siapa mengganggu, akan dihajar. Tidak dikisahkan berapa lama dia belajar menjadi *cantrik*, juga dari golongan mana dia berasal. Tapi dalam kalimat yang pendek, disebut 'ibunya' juga jagoan hebat. Dan, intinya. kemudian Tioning menjadi 'jagoan' yang hebat. Lalu dia mengembara.

Ada sebuah kerajaan, tidak dikasihtahu lokasinya. Juga ada panakawan Semar dan anak-anaknya. Ada juga Konperensi Tingkat Tinggi, KTT, dari kerajaan itu. Ada, mungkin saja, sekarang bisa disebut sebagai parlemen, mungkin ini suatu Dewan Perwakilan Rakyat. Para jagoan, kemudian mendatangi kerajaan itu, mungkin saja untuk berebut kekuasaan. Apakah para pejabat dalam kerajaan itu yang akan dilawan? Entahlah. Tak ada penjelasan politik tertulis dalam kisah.

Dan Tioning, menyebutkan nama sebuah desa, tempat 'para imigran' berkumpul dan menetap. Dalam lakon ini, dia menyebutkan nama desa itu sebagai tempat persinggahan. Apakah jagoan ini juga ingin merebut kekuasaan? Dan kepada pejabat mana dia akan berseteru? Dalam kalimat yang tertulis di dalam 'kisah silat' ini, tidak disebutkan. Meski, mungkin saja disebutkan, tapi tidak terlalu kentara. *Abstraksi* yang tergambar adalah kemampuan kita dalam mengimajinasi. Kalimat, alinea, halaman, adalah bentuk dari pengejawantahan seluruhnya. Dan ini memang agak sulit. Pikiran kita akan jadi pemandu. Juga pengetahuan umum, antara lain, lakon persilatan di seantero dunia.

Silat, bersumber dari lakon Cina. Dan memang, kisah ini sering membikin kita membacanya, hingga berjilid-jilid. Dan harus habis, sampai kita memahami inti makna seluruh kisah persilatan itu. Ada filosofi, ada waktu (yang dikisahkan dalam kalimat tertulis lakonnya). Kemudian kisah silat itu lahir pula di Indonesia, yang juga menarik. Bisa saja, kisah silat Indonesia bersumber dari kisah silat Cina, atau lahir dari pemikiran pengarang lokal yang memang luar biasa.

Tapi, kisah yang ditulis Taufan, kisah 'imajinasi' kreatip yang tetap saja membutuhkan daya pikir 'menerjemahkannya' kalimat yang menyeluruh itu. Kisah ini ditulis tidak panjang, cukup waktu untuk, antara lain, 'menerjemahkan' kalimatnya. Saya sih, berharap, dalam lakon berikut, Taufan akan bicara juga tentang 'waktu – 'bagaimana *cantrik* itu berguru, Mahagurunya, silat apa saja yang ada, hubungan keluarga, kampung, kota, kerajaan atau pun Kekaisaran dan politik yang hadir'. Kisah silat Cina, biasanya, lahir dari permasalahan ini. Atau ada lakon yang juga *kontemporer,* dan bisa ditulis dengan bebas sekali. Salam.

Jakarta 8 Juli 2022-NR

Memburu Taufan

Seorang teman menyebutku *'bibliophile'*, *'bookmaniac'*. Menggelariku 'penjaga buku'.

Mungkin ada benarnya. Buku buatku tak ada hubungannya dengan suka tak suka, tapi bagai sebuah kewajiban. Mengumpulkan buku merupakan dorongan kuat dari kecil, sejak ingatan terbentuk. Aku tak pernah tertarik dengan mainan. Hanya buku, buku, dan buku, yang berarti buatku.

Gempa dan tsunami 2004 yang menyapu bersih seluruh koleksiku, membuatku sadar bahwa kemampuanku terbatas. Dan sejak itu aku *terpaksa* selektif dalam melakukan apa yang kuanggap 'tugas' sukarela ini.

Buku *Babad Raja Tega: Monolog-Monolog Manusia Merdeka* karya Taufan S. Chandranegara termasuk dalam daftar selektif yang kuburu, dan berhasil kuperoleh. Sang Penulis seorang seniman serba bisa kukenal lewat media dan tulisan-tulisannya di Kompasiana.

Apakah dengan mendapatkan buku tersebut tugasku selesai? Ternyata jauh dari kata tuntas.

Ketika aku membangun Pimedia, aku membuat daftar selektif penulis yang harus aku buru untuk menerbitkan karyanya. Nama Mas Tasch—*panggilanku untuk beliau*—termasuk yang berada di *top list*.

Ketika tahun 2021 Pimedia mendapat kehormatan untuk menerbitkan buku *150 Kompasianer Menulis*

Tjiptadinata Effendi, Mas Tasch termasuk salah satu dari 177 kompasianer. Dalam kesempatan itu, sekalian aku melontarkan rayuan supaya Mas Tasch bersedia bukunya kami cetak.

Mas Tasch tidak langsung mengiyakan, karena karya-karya beliau umumnya ada di bank data yang ditangani murid-muridnya, selain kesibukan. Meski setiap ada kesempatan kami saling bertukar kabar, kepastian untuk penerbitan buku belum aku dapatkan, sampai bulan kemarin, tepatnya 23 Juni 2022 20:45. Masuk pesan dari Mas Tasch:

Seri Prosa kopi di K kalau mungkin dibukukan sila dipilih.

Tak menunggu waktu lagi, aku mengumpulkan SEMUA tulisan Mas Tasch yang ada di Kompasiana, menyusun tata letak awal (menjadi tiga buku), dan mengirimkannya ke beliau.

Yang mendapat *aprroval* pertama adalah buku yang Anda pegang ini. Dan draf dua buku lainnya digabung menjadi satu dengan judul Prosa Kopi Esai dari Pinggiran, yang terbit bareng dengan buku ini.

Terima kasih, Mas Tasch. Sungguh merupakan kehormatan bagi Pimedia untuk menerbitkan karya-karya Mas Tasch. Semoga segera disusul dengan buku-buku berikutnya.

Selanjutnya, tugas *Berburu Taufan* saya serahkan kepada Anda, Pembaca.

Ikhwanul Halim

Berbagi Cerita Silat

Taufan S. Chandranegara, praktisi seni-penulis.

Apa kabar negeri tercinta, senantiasa indah subur damai di hati?

Giniloh. Sahabat saya, Ikhwanul Halim-usaha penerbitan 'Pimedia', penulis segala rupa alias rupa segala tulisan, kini, beliau sibuk dengan usaha penerbitan buku segala rupa, asalkan ceritanya santun, legal, sah, patuh pada kaidah hukum negeri tercinta ini, segera diterbitkan.

"Bukan soal untung-rugi."

Nah, ini kalimat menarik dari, Ikhwanul Halim. Hanya ingin berbagi, melengkapi pustaka literasi negeri tercinta ini. Nah *loh*, hebat, semoga amalnya dicatat Tuhan Yang Maha Esa. Tetap sehat terus bergiat untuk generasi negeri para petani ini.

Terima kasih kepada, N. Riantiarno, budayawan-dramawan, guru hamba dalam bidang teater serta keluasannya. Bersedia memberi catatan singkat padat. Mengantar pembaca melihat cerita dalam cermin langit lebih luas.

Latar belakang, dari cerita. Mengapa hamba menulis cerita silat kekinian alias kontemporer, lagi-lagi hanya ingin melengkapi pustaka literasi negeri tercinta ini, di antara berbagai latar belakang para penulis pendahulu. Sedangkan hamba belajar keilmuan lainnya, total secara autodidak saja. Terima kasih, Ilahi. Engkau telah memberi hamba rezeki seluas ini.

Hamba gemar karang mengarang sejak hamba bisa bacatulis. Ibu, hamba penyanyi keroncong lokal daerah kalau di peta, ada di pojokan Jawa Timur, berpindah domisili dari Glenmore, Kalisat, Jember lalu Kota Malang, bukan penyanyi terkenal, beliau hobi menyanyi untuk lingkungan sendiri-terdekat, ketemu ayah hamba, lelaki pengelana hingga mereka menikah hijrah ke Jakarta, lahirlah hamba. Begitu ceritanya.

Lantaslah seiring waktu membesarkan, hamba, gemar memburu buku bekas di loakan Pasar Senen, atau dulu banget, di tikungan jalan kwitang sekitaran toko buku Gunung Agung. Hingga proses dewasa semakin dalam menyelami lingkungan kesenian, dari Gelanggang Remaja Bulungan era 70an-80an, bersama kawan-kawan seangkatan, hingga, hamba bekerja di grup Grafiti Pers, penerbit Majalah Tempo, Majalah Medika, Majalah Zaman, pada era 80an, hingga kini hamba masih bersahabat dengan kawan-kawan. Selanjutnya hamba menjadi anggota Tetap Teater Koma sejak 1981, hingga kini.

Di buku silat ini, hamba tidak menuliskan sinopsis dari cerita. Agar, bertemu muara pikiran pengarang dengan pembacanya, di sana, di imaji itu, akan muncul berbagai dugaan keindahan imajinasi. Cerita ini baru awal, masih panjang lebar ke akhir kisahnya.

Benar, ini cerita silat, telah tayang di kompasiana.com masih bersaudara dengan kompas.com, pada era 2000an-

terima kasih kompasiana, salam baik untuk saudaraku di sana. Cerita silat dengan berbagai latar belakang cerita dari sekitaran dunia hidup, kemodernan ke-ranah tradisi, bolak-balik sana-sini. Ada kegembiraan ada kesedihan, ada kejahatan ada kebaikan. Cerita mengalir lurus saja, kalaupun ada misteri, enggak serius-serius amat.

Singkatnya, kisah ini muncul dari kesederhanaan kasih sayang seorang ibu pada putra putri kembarnya, terbungkus berbagai peristiwa di langit juga di bumi, singkatnya jelajah semesta sains. Edukasi imajinatif, keajaiban alam. Nama tempat, juga nama tokoh hanya fiktif belaka.

Terima kasih kepada semua pihak untuk memungkinkan penerbitan buku ini. Salam baik saudaraku. Salam bahagia bagi kita semua. Salaman.

Taufan S. Chandranegara, praktisi seni-penulis.

Daftar Isi

Imajinasi Kreatif Taufan v

Memburu Taufan viii

Berbagi Cerita Silat xi

Daftar Isi xiv

Alegori Cerita Silat (Part 1) 1

Alegori Cerita Silat (Part 2) 16

Alegori Cerita Silat (Part 3) 31

Alegori Cerita Silat (Part 4) 47

Fiksi Sains: Alegori Silat (Part 5) 62

Fiksi Sains (Part 6) 78

Tentang Penulis 97

Alegori Cerita Silat (Part 1)

Episode (1)
Bunga Putih Cogan Alam Purnama

Sudut Lain Perguruan Daun Salju

Ibunya telah mangkat menuju nirwana, dia, terus menerus melatih segala hal tentang jiwa dalam-ruh, serentak dengan jiwa luar-fisik, kini, telah pula membentuk segala hal dari hakikat makhluk hidup, akan, menuju harkat sempurna menguji waktu tempuh kehidupan.

Jurus Pedang Semesta Megatruh, dilengkapi jurus paralel Delapan Puluh Delapan Pintu Susastra Tembang Semesta, akan, mampu membunuh jiwa apabila tidak sempurna proses pelatihan laku dalam maupun laku luar setara rotasi nafas alam.

Dia terlihat, telah malampaui disiplin gigih, patuh pada bimbingan sang guru, meski mungkin telah sempurna, melebihi petunjuk dari kitab olah tubuh peninggalan ibundanya-sang pendekar silat Bunga Putih, bermartabat-julukan sederhana itu.

Syahdan pendekar silat Bunga Putih, disegani oleh dunia kependekaran-disebut juga secara normatif di dunia para manusia cerdas-piawai dibidang olah jiwa melatih raga dengan komitmen alam raya demi, kebijaksanaan, kebaikan, keadilan, di kebenaran, namun, apakah masih ada ke empatnya, itu, di ruang hidup para makhluk.

"Apa maksud dari kata akhir di kitab Ibu?" Tioning, dengan seksama meneliti setiap kalimat, membolak balik daun serat bambu kuning telah diawetkan, dihiasi aksara bakar sangat halus, sekilas tak tampak mata, membacanya pun harus agak dimiringkan sedikit dari pusat bola mata, plus, menggunakan pranala pikiran akal budi. Repot ya mau jadi satria berbudi.

"Jangan melarung hati di air, jika terbawa sulit melihat langit kebijaksanaan dalam pelukan pemilik alam, hanya langit memahami isi hati. Kitab langit serupa kitab air, tak nyata tapi ada. Tertanda; Bunga Putih"

Kalimat itu membuat Tioning Betasena belajar memahami semua kisah tertulis di kitab daun bambu, tugas berat terhampar membentang tanpa batas.

"Menaklukan si jahat, dengan kebaikan," sebuah syair awal di kitab 'Pedang Awan', hanya hal itu belum terpahami, makna dari misteri syair itu. "Apakah harus bertanya pada orang bijak dari Bukit Embun? Barangkali, itu pilihan dari langkah terbaik," di benak Tioning, terlintas.

***

Tioning, mengutarakan isi hatinya kepada Pertapa Daun Salju, mohon ijin untuk menuju Bukit Embun, menemui filsuf ahli kitab pertapa sakti orang hebat rendah hati, masih kakak kandung dari, Pertapa Daun Salju, juga berhati mulia seluas langit.

Tioning, dititipkan ibunya kepada Pertapa Daun Salju, sebelum ibundanya menjawab pertempuran terakhir dengan iblis dari Timur-pembunuh guru Bunga Putih, hingga diusia Tioning, kini, telah dianggap cukup dewasa. Pertapa Daun Salju, berkewajiban melepas Tio, menuju dunia kehidupan, hal terberat bagi sang pertapa karena Tio, bagian dari rahasia hidupnya, menyimpan rahasia itu sepanjang hayat, setulus janji kepada Bunga Putih.

"Sampaikan hormatku kepada kakak kandungku. Ayo! Berlatih sebelum kau menempuh perjalanan jauh menuju Bukit Embun, terimalah Pedang Mustika Garuda Merah dari Begawan Manunggaling Bumi dari Lembah Dieng alias Begawan Bumi, masih kerabat dekat Begawan Ismaya, keduanya mahaguru, beliau guruku, salah satu dari keduanya akan hadir seketika, jika kau terdesak lawan paling tangguh kelak. Keduanya, mahaguru disegani di jagat para resi-kemunculannya ditandai aura biru berkilau perak di lingkar tubuh Begawan Bumi, sedangkan Begawan Ismaya, berkilau bagai emas di lingkar tubuhnya, keduanya mahagurumu, sekaligus pelindungmu di jagat kependekaran."

Pedang Mustika Garuda Merah muncul dari tubuh guruku, aku segera mengambil sikap hormat, perguruan, bersimpuh menerima pedang, sirna sebelum tanganku menyentuh pedang itu, mungkin pedang ajaib itu telah meresap ke dalam tubuhku.

"Bangun!" Suara guru bagai gema, berbarengan, serentak cepat dengan serangan mendadak nyaris menusuk tepat di tengah leher jalan napas, terpelanting berkelit cepat, pedang merah seperti menempel di lenganku, ajaib, heran lagi aku dibuatnya, baru kali ini menerima pusaka super aneh, guru terus mendesak dengan ilmu Telapak Suci Garuda Putih. Gerakan itu, tamat, aku pelajari, loh!

Mengapa guru menggunakan jurus-jurus itu, tak mudah pula mengatasi serangan guru, datang dari berbagai arah, tampaknya ada kombinasi lain pada serangan menyergap serentak gerakan kilat kelebatan tangan guru seakan-akan berkilau, berkilatan kian-kemari seperti emas menyilaukan, berubah-ubah bagai ribuan gerakan. Wah! Gawat! Belum pernah, melihat gerakan guru, kali ini, wah!

Guru tak sedikitpun bergeming dari tempatnya berdiri, benar, dia salah satu murid Begawan Bumi, hanya para resi memiliki kekuatan batin olah tubuh pengendali ruh di badan, artinya, guru salah satu dari generasi para resi, mengapa baru sekarang dia memperlihatkan ilmu supersakti seperti ini, aku, seperti dibawa oleh arus frekuensi entah. Gawat!

Lamat-lamat aku mendengar tembang aneh, bagaikan suara membaca syair para sufi dari jazirah jauh, serupa orang-orang suci tengah membangun candi megah di tengah danau indah tanah Jawadwipa, tak jauh dari lereng Merapi, pusat makhluk suci beterbangan bersama angin sejuk.

Entah, aku tertidur, entah sadar, sulit untuk mampu membedakan, seperti dibawa kealam serba indah belum pernah aku saksikan, melihat sosok ibu menghampiri lantas dia meraihku begitu saja, meletakkan tubuhku bagai seringan kapas, di pangkuannya seperti masa kanak-kanak lampau, ingin bersuara, belum sempat menyapa, ibu mengusap keningku, rasa nyaman membuatku ngawang.

Ketika terbangun aku berada melayang di atas padang-ilalang, dengan permukaan gemerlapan bagai butiran berlian diterpa matahari pagi, kagumku pada pemandangan itu, belum usai memahami, keindahan itu, terdengar suara semirip kerbau melenguh jelek sekali, mendadak keindahan di pandanganku seperti hilang begitu saja.

"Jangan lama-lama memandangi embun di ilalang itu, nanti sakit mata diterpa silau sang mentari hehehe..." Suara jelek pula terkekeh-kekeh, menyapa seenaknya, sambil nangkring di punggung kerbau. Ternyata, entah, sejak kapan aku berada di punggung kerbau, seiring dengan kakek tua, jelek, di punggung kerbau masing-masing, hiih, nyebelin!

***

Sudut lain Bukit Embun

Tanpa terasa nyaris satu bulan kakek jelek ini mempermainkan aku dengan jawaban-jawaban aneh dari semua pertanyaanku selama aku di sini, sehubungan dengan kalimat simbolis tertulis di kitab 'Pedang Awan', peninggalan ibuku paling berharga membuat aku seolah-olah ada di dekatnya, seperti masa kecil telah lama lewat terus melekat bersama usiaku kini.

"Berpikir atau berfikir? Boleh tapi jangan lama-lama," ada suara, manusianya entah berada di mana, kakek jelek, mulai mengejek lagi, belum puas juga dia, hiiih!

"Maafkan hamba guru, dengan amat terpaksa hamba akan menggunakan ilmu Ruh Halimun," dalam benak Tioning.

"Hehehehe," suara terkekeh-kekeh itu seperti di samping Tio.

"Ilmu Ruh Halimun? Itu ilmu enteng, coba saja kalau bisa," sungguh mendadak aku tak mampu menggunakan ilmu olah sakti Ruh Halimun.

"Baru tahu kulit luarnya saja sudah sombong, jangan asal mengucap kata, sebab kata cuma semu, bekal terdangkal umat manusia, belajar dari siapa, ilmu sakti sedangkal itu. Gurumu! Hihihi! Apa dia masih memakai baju kebesaran, selalu kedodoran menghadapi aku, hihihi," menggelegak rasa amarah di dadaku, segera menyerang kakek jelek itu, sejadi-jadinya.

"Eit! Awas! Kuncir rambut anda aku lepas hehehe," kuncir rambutku terlepas, menghalangi pandangan menutup wajahku, bogem mentah nyaris menghajar pelipisku, pundakku terasa dibuat pijakan, lompatan kakek jelek itu, dia menukik lagi, kembali mengikat rambutku dengan kecepatan tak terlihat, huhh! Aku, mencoba menyerang segila-gila! Asem! Justru aku jungkir balik pontang-panting kian kemari! Tenaga seranganku menjadi bumerang.

"Kisruh! Kakek ini bikin aku gusar! Terimalah!" Suara di benakku.

Aku ikhlas, tapi ogah banget, kalah! Oleh kakek jelek ini! Multi kekuatan! Pedang Mustika Garuda Merah, muncul di lenganku! Secepat itu pula melekat erat di tanganku, hiiyaa!

Bagai ribuan derap kepak sayap burung Jatayu raksasa, mengguncang ruang angkasa, aku, melentingkan tubuh, segera membalik menukik super cepat. Kakek jelek itu terlihat siaga entah dengan tipu muslihat apa lagi.

"Stop!" teriak kakek jelek. Jreng! Berubah jadi cahaya meninggi, membesar! Blasz! Cahaya sekilat cepat. Sosok cahaya itu kembali normal, melayang di atas tanah di lingkar aura diri, silau kristal-kristal perak gemerlapan.

"Begawan Bumi, maafkan khilaf hamba," aku segera menghaturkan sembah perguruan.

"Bangun, orang muda," suara itu teramat bijak sampai di telingaku.

"Lanjutkan perjalanan. Di antara dunia kehidupan akan tampak seolah-olah indah sesungguhnya tak seperti terlihat sebagaimana aslinya, terseling kelompok hipokrisi siluman tikus, munafik. Waspada!" Lalu ia memberi cahaya di ubun-ubunku. Sirna! Perut terasa lapar masih di tengah, padang ilalang di bawah terik matahari siang bolong. Tak ada kerbau, tak ada apapun, entahlah!

***

Warung Arak. Siang Bolong

Pertikaian di warung arak di siang seterik itu, berlangsung hanya sekejap saja. Ada mata cantik sejak tadi memperhatikan Tio, mengintip dari balik cadar merah, bertopi merah, berbusana serba merah, sepasang pedang merah, menyilang di punggungnya.

"Tak terlalu buruk untuk seorang pemula," sindiran tenaga batin jarak jauh itu membisik di telinga Tio.

Tioning Betasena, tak menggubris sindiran itu, dia tidak menjawab sepatah pun, meneruskan makan, dia baru saja berhenti makan akibat gangguan beberapa begundal tak mau bayar makan, ketika ditagih pemilik warung, mereka malah marah-marah. Jadilah Tio, menolong pemilik warung makan itu. Membereskan para begundal hingga mereka lari lintang pukang, dalam satu kibasan gerakan cepat.

"Sayang, keren-keren tapi tak punya mulut tak punya kuping. Tuli yaa," sindiran tenaga batin jarak jauh si busana merah, mengganggu lagi, membisik di telinga Tio, tak menggubris, tetap makan.

Tioning, membayar lebih pada pemilik warung, untuk beberapa mangkuk gerabah pecah, akibat kibasan tenaga jarak jauh, Tio, mengusir para begundal tadi.

"Jangan. Bawa saja uang anda orang muda. Terima kasih atas bantuan anda," suara pemilik warung. Tio, menolak dengan sopan, ia tetap membayar, beberapa uang logam bercapur uang gobangan tergeletak di meja. Tioning, pamit meninggalkan warung secepat kedipan mata.

"Sombong!" Desir suara batin jarak jauh sindiran itu, lagi, di telinga Tio, tetap tak peduli, mempercepat langkahnya. Si busana merah menguntit dari atas ketinggian pohon sekitarnya. Tio mengetahui hal itu. Tetap tak menggubris.

"Sombong! Berhenti!" Sindiran jadi hardikan. Tio tetap tak peduli. Lagi senyaring pekik burung elang "Kak! Kak!"

"Keren tapi tuli!" Sindiran itu lagi berdesir melewati telinga Tio, kali ini agak terasa getaran tenaga dalamnya, agak keras ke gendang telinga Tio, tetap tak menggubris.

Tio, mempercepat langkah. Busana merah mengikuti dengan kecepatan sama pula. Tio, lebih mempercepat langkah. Busana merah mengikuti dengan kecepatan sama. Tio, setengah berlari di atas tanah, busana merah mengikuti dengan kecepatan sama.

Tio, mempercepat lari, kakinya mulai tidak menyentuh tanah. Busana merah mengikuti dengan kecepatan sama. Tio, mempercepat langkahnya, terbang di atas jalan setapak menuju hutan bambu kuning di depannya. Busana merah mengikuti dengan kecepatan sama.

"Hih! Keren tapi pengecut!" Sindiran itu bagai memekik di telinga, Tio, tetap tak acuh, menambah kecepatan agak tinggi satu meter di antara huma-huma jalan setapak menuju hutan bambu itu.

Tio, merasakan ada serangan menuju tengkuknya, ia hanya berkelit sedikit, nyaris, sebuah benda lewat dengan cepat kearah ruang kosong, mungkin semacam bumerang mini, melingkari sekitar Tio, kembali ke pemiliknya, dongkol.

"Oh! Mau main-main ya! Ayo!" Tio mendadak hilang dari pandangan si busana merah.

"Hih! Capung! Kemana perginya si sombong itu," di benak busana merah. Padahal Tio, hanya memutar sekejap, kini ada, persis di belakang si busana merah, gantian mengikuti tanpa diketahui. Busana merah, mengirim suara batin sindiran lagi, namun memantul kembali pada pendengaran sendiri.

"Dasar capung! Sombong tapi sakti. juga!" Tio, meniupkan udara ke telinga busana merah dari arah belakang.

"Hih! Nggak sopan! Mau coba-coba!" Busana merah terkesiap,

Busana merah mencari, Tioning, kian kemari di hutan bambu kuning itu, namun ia tak menemukan jejak apapun. Padahal Tio, menguntit dari belakang perempuan elok nian itu. Tio, melempar pedangnya berputar di udara, memotong semua ujung daun bambu di sekitarnya, daun bertebangan di antara cahaya siang matahari bagai 'ciluk baa' main petak umpet, di antara daun gugur seraya-raya dari langit.

"Hii! Keren banget deh!" Di benak busana merah. Kagum. "Tapi sombong!" Lagi suaranya memantul ke telinga sendiri.

Setiap kali mengeluarkan suara dari mulut atau dari benak sendiri, suara-suara itu dipantulkan, Tio, dari pedangnya, kembali ke telinga pengirimnya. Kali ini busana merah berusaha memusatkan pendengaran, tetap tak berhasil mendeteksi keberadaan Tio.

"Dasar capung!" Suara kesal busana merah. Tio, di posisi tepat di belakang busana merah, aroma wangi bunga dari tubuh didepannya tak mempengaruhi niat usil Tio.

Tio, melepas pengikat cadar busana merah dengan pedang dari belakang. Kain cadar itu diterbangkan Tio ke udara.

"Lumayan, meski tak terlalu cantik sekali!" Gantian suara Tio, mengejek. Kain cadar warna merah penutup muka, itu, terbang kian kemari, hinggap di ujung-ujung pohon bambu, berpindah-pindah, lalu terbang lagi di terpa angin kian kemari.

Tio, menampakkan diri sekilas. Busana merah makin gondok, langsung menyerang dengan sepasang pedang merah miliknya, berkecepatan tinggi. Tio, kembali muncul sekilas, lalu hilang. Seketika serangan busana merah meleset, seperti dibelokkan angin hingga tak tertuju pada Tio. Busana merah makin kesal, lama-lama jadi marah berapi-api. Menyerang secepat kilat, ketika Tio menampakkan diri. Sayang di sayang, lagi-lagi menyerang ruang kosong, lagi, seketika sekejap mata, Tio, menghilang.

Hal itu terjadi terus menerus, berlangsung cukup lama. Lalu Tio meninggalkan begitu saja, namun cadar merah milik si busana merah, tetap dibawa Tio, terbang sendiri mengikuti Tio. Kali ini busana merah tak mampu mengejarnya.

***

Jalan Menuju Desa Daun Delima

Tio, melesat secepat kilat terbang tinggi, menuju suara minta tolong di kejauhan. Tio melihat sekelompok orang jahat menghadang kelompok kaum migrasi petani lahan berpindah bersama keluarga mereka.

Rombongan petani lahan berpindah itu, berkelompok-kelompok sesuai keluarga mereka. Dari ketinggian ilmu terbangnya, Tio, melihat para perampok tengah menjarah harta para petani. Terdengar oleh Tio, teriakan suara seorang anak di bawah ancaman, membuat Tio harus bertindak cepat. Tio, menduga salah satu begundal bertubuh gempal bulat seperti dodol dengan perut besar seperti gentong, pasti ketua perampok.

Tio, melibas salah satu begundal tengah menyandera seorang anak, dengan satu kibasan pukulan angin agar tak mencederai anak di cengkeraman si begundal bulat. Anak itu di bawa angin tenaga dalam menuju, Tio. Dengan sigap, Tio menangkap anak itu, segera berada di gendongannya. Begundal bertubuh bulat, terpental jauh bergulingan. Tio, berhasil menyelamatkan anak itu, segera diserahkan kepada kelompok para petani.

Tio, dengan terpaksa, sekali lagi mengibaskan tangan, kelompok perampok itu, mental jungkir balik berguling-guling, segera kabur berpencar tak tentu arah. Mendadak Tio, melihat kelebatan pedang merah menghantam habis kelompok perampok, termental kian kemari dengan luka pada bagian tubuh tertentu, bahkan terlihat jelas dua orang terkapar tak berkutik, mungkin mati.

Tioning, segera melesat menghilangkan diri. Si busana merah, menghampiri para petani, membantu membenahi barang-barang para petani. Porak poranda di acak-acak para perampok.

"Tuan-tuan serta keluarga kalian, akan aku kawal sampai melewati hutan ini, tak jauh dari sini ada Desa Daun Delima. Kalian bisa tinggal atau bermalam di sana, desa itu dihuni oleh dua keluarga kakak beradik, baik hatinya." Suara lembut busana merah bagai tengah bersenandung merdu, sampai pada frekuensi pendengaran Tio.

"Terima kasih Putri..." Suara petani paling tua. Mungkin pemimpin dari kelompok itu.

"Aku bukan Putri, rakyat jelata seperti kalian," jawab busana merah sangat santun.

"Tapi anda cantik bersinar," kata petani tua itu.

"Ayo! Segera meneruskan perjalanan sebelum waktu menjelang sore," suara busana merah menyelang ramah.

Lagi, Tio usil. Sebenarnya dia tak jauh dari kelompok itu, nangkring di atas pohon memperhatikan semua kejadian di bawahnya. Kembali dia menerbangkan kain merah, cadar milik busana merah kian kemari.

"Pengecut! Sakti tapi sombong!" Geram suara busana merah di benaknya. Melihat kain merah di udara bagai di terpa angin kian kemari. Membuat, kesal campur aduk.

Kain merah nyebelin itu mendadak jatuh di depan barisan rombongan. Tio, membisikan suara pada salah satu orang, di antara rombongan petani itu. Lalu orang itu memungut kain merah, diserahkan pada busana merah.

"Kata suara itu, kain ini harus diserahkan kepada anda paduka putri."

"Terima kasih. Aku bukan paduka putri. Terima kasih tuan." Jawab busana merah, makin gondok. "Hih! Ini pasti ulah si Capung pengecut itu," dalam benak busana merah. Aku akan merajam, memukul habis kalau ketemu lagi.

Padahal Tio, tetap menguntit di belakang rombongan itu, terbang di atas pohon ke pohon. Tio mengirim suara ke telinga si busana merah.

"Sudah di kembalikan. Bilang terima kasih dong. Bisu yaaa!" Busana merah ingin mengamuk rasanya, tapi tak mungkin, akan menjadi contoh kurang baik, di depan rombongan keluarga para petani.

***

Konon akhir perjalanan para petani tinggal di Desa Daun Delima, mereka menjadi bagian dari keluarga desa itu, sungguh ramah dua keluarga penghuni desa itu.

Desa Daun Delima, di kelak kemudian hari, konon pula, menjadi desa penghasil buah terbaik di sisi Timur gunung itu, cuaca senantiasa hangat cerah merona sukma, disebut juga Desa Dua musim. Si busana merah meneruskan perjalanan, tanpa ia ketahui, Tio terus menguntit.

Nasib atau bukan, keberadaan makhluk hidup di mana pun ditentukan alam bersama waktu. Mungkinkah Tio, telah masuk jalur menyimpang dari tujuan. Apakah karena si busana merah atau sebab karena hal lain, atau dia melupakan akhir dari pesan kitab Pedang Awan, milik Ibunya. Entah lah.

"Jangan melarung hati di air, jika terbawa sulit melihat langit. Orang bijak ada dalam pelukan kesucian, hanya langit memahami isi hati. Kitab langit serupa kitab air, tak nyata tapi ada. Tertanda; Bunga Putih."

Kisah ini ada pada perjalanan dua pendekar tangguh Tioning, senantiasa tak jauh bersisian, di titian ruang hidup 'Busana Merah', kini tengah menuju ruang-waktu, mengukir peristiwa pada kisah-kisah lontar kehidupan.

Alegori Cerita Silat (Part 2)

Episode (2)

Sekar Mayang Merah Mawar.

Mahameru Cuaca Tak Bertepi

Mahameru, tak seperti biasa, terasa hangat hingga sekeliling lereng-lereng sekitarnya. Tak ada kabut pendingin cuaca, sesejuk sebagaimana embun berantai meneteskan kisah-kisah perjalanan waktu menyimpan gelembung bercahaya, segala peristiwa kehidupan.

Rombongan serangga penyanyi pagi, sunyi senyap, sebagaimana malam tak jua menyapa sepoi-sepoi angin membawa kisah-kisah tentang sore. Tetumbuhan rumpun huma malas melihat langit. Meskipun gemintang kerlap-kerlip, tak tampak surga bagi semua mata makhluk hidup.

ebatuan, ketika magma menyampaikan pesan perubahan geotera siklus geologis, sekeliling lereng maha luas menyala jiwa alam. Pepohonan hidup enggan mati tak mau, bagaikan terlihat sedih, ditinggalkan simfoni cericit burung-burung pembawa kabar kepada semua habitat hidup.

***

Bayang-bayang Teror Siluman Semut

Elang Emas, menarik napas dalam-dalam, memawas indera kepakaan malaikat sakti kahyangan, penjaga surga para dewa. Terbersit kabar, Raja Dewa, jatuh cinta.

Menyebabkan semua taman, jalan-jalan, trotoar-trotoar, disulap jadi rerumpunan taman bunga terindah tak sewarna tak serupa apapun, sebagaimana bumi sekalipun memiliki keindahan surganya.

Telah beberapa waktu Raja Dewa, mengasingkan diri, dibilang patah hati juga kagak sih, hampir mirip cinta enggak nyampe gitu deh, ibarat tangga kependekan, nah gitu deh kira-kira, konon, tak ada penawar apapun mampu menyembuhkan hati merana Raja Dewa, konon lagi neh, tengah menyepi di sisi bumi, di salah satu benua.

Tugas, Elang Emas, mewaspadai segala hal ihwal pergerakan makhluk apapun, termasuk semut sekalipun, jenis siluman paling nyebelin, berbahaya, culas, hipokrit, gemar sembunyi di lubang-lubang episentrum planet-planet.

Gerakan barisan gerombolan semut menyemut, sewenang-wenang, datang-pergi, tanpa suara meninggalkan bau gula menyengat, tengik seperti perilakunya, menyerang-menghilang kelubang-lubang persembunyian, melewati frekuensi hologram antar planet, pokoknya ngeri deh, sekaligus, banget, nyebelin.

Hanya, Antareja Satria Putra Bumi, mampu mengejar siluman semut hingga kedasar episentrum planet mana pun. Pernah terjadi beberapa dekade lampau banget. Ini kejadian sungguh tak kasat mata, ngeselin, tapi ada kejadian, di sisi lain waktu paralel kekuasaan Maha Raja, teragung di Jawadwipa, maha bijaksana, nyaris kalah dalam satu pertempuran besar-besaran, diserang siluman semut-kalau menyerang menyemut.

Siluman semut penyerang menyemut nyaris merebut takhta, bagai telur di ujung tanduk, terselamatkan oleh Panahpati Raja Dewa, disertai bantuan beberapa Resi

Utama, dari kahyangan melumat musnah gerombolan semut, sapuan api teknologi badai terdahsyat menggulung siluman semut, meskipun menyemut tak terkira.

Akibat peperangan itu planet bumi nyaris kering kerontang, namun berkat bantuan Begawan Misterius, katanya nih, masih kerabat dekat dari Raja Dewa, bersama utusan Sang Hyang Wenang, menabur Cahyaningsukma, hanya, Dewi Sri Citralestari, pemilik kesaktian itu.

Seketika itu pula, tumbuhlah segala hal hidup di bumi, kemenangan, tak kan pernah terlupakan, ditulis di daun waru dalam kisah Serat Kinanti Suluk Semesta. Sebuah suluk kuasa keadilan, tertulis di sejarah kitab-kitab kebijaksanaan.

***

Purnama Telah Lampau

Syahdan berabad-abad setelah abad lain itu. Konon, sebuah tontonan di gelar di pelataran candi terindah di tengah danau terindah pula di jagat ini, ketika masa itu loh. Nah, para tetamu dari berbagai belahan benua meramaikan perhelatan pesta rakyat itu, disebut juga festival purnama.

Ceritanya kurang lebih begini nih. Awang-gemawang, kisah dalam angan imaji suluk bebas merdeka. Syahdan lagi nih, semilir babad para desa awal mula suluk mengangkasa. Para satria patuh pada loka gemintang kuasa Sang Hyang Berbudi.

Ups! Raja Dewa, pusing tujuh keliling, sebab Putri Asmaradanta Sekar Jagad, tak sirna dari pandangan hatinya. "Ajoy! Ajoy!" Bimasena wajib hadir di kahyangan, mendengarkan perintah, untuk meminta adinda Gatotkaca, membawa sang putri kehadapan singgasana Raja Dewa.

Semar, terkekeh-kekeh, sejak mereka terpisah oleh tugas kewajiban mengayomi bumi demi para rupa satria, Semar, tak pernah usil lagi, pada adinda Raja Dewa amat ia hormati, bertugas mengayomi kahyangan.

Raja Dewa, lupa bahwa saudara tuanya Begawan Ismaya, gemar usil. Maka tanpa setahu keluarganya, Semar, menciptakan Putri Sekar Jagad, dari jazirah jauh seolah-olah masih keturunan dari, Cleopatra, sungguh ayu rupawan, cantik jelita, ruh sebadan wangi bunga semesta.

Raja Dewa, siap mempertahankan nyawa demi cintanya-sekalipun sesungguhnya ia tak pernah mati. Cinta oh cintrong, emang kadang bikin sebel tapi juga merindu melayang berpeluk peluh-peluh kristal.

Jring! Siksa indah sangkala hati, meskipun matahari mati, Batara Kala, jadi jaminannya, kalau bumi gelap, harus, menghadapi gerombolan bala tentara semut raksasa. Seperti kisah tertulis di serat Babad Kinanti Jawadwipa, zaman abad berbeda, dulu banget, dalam tembang Alkamar Angin Indera Bayu-sesungguhnya itu tembang serupa Megatruh, meski tak persis benar.

"Biarkan luka menganga semerah bunga sejagat. Aku bukan Romeo dari Eropa, aku Raja Dewa, terluka suci dalam kisah kasih tak sampai."

"Kan kusembuhkan lukamu. Meskipun aku bukan Juliet dari Eropa, aku putri semirip Cleopatra, penakluk dinasti imperium dunia biru empat musim. Sini, kemari datanglah, aku ingin melihat detak jantungmu."

"Eallahh! Walah kadalah!" Raja Dewa, melompat kaget hingga ke angkasa.

"Ealah, dewa kok manja. Gitu aja kok kaget. Sini, biar kucuci jantungmu selaksa suci jiwa sepanjang kasih kisah asmara merah

marun. Sini, aku ciumi rambutmu bau kasturi kenduri pandan mewangi."

Gending Tombak Asmara, menggema di angkasa malam dalam kisah asmarandana kabut hitam merah marun, 'Raja Dewa Jatuh Cinta', tontonan amat memukau pemirsanya.

Katanya, bosen pake, kata syahdan. Jadi, katanya, dalam perhelatan festival itu mendadak terjadi gempa supertektonik, menenggelamkan candi indah itu, hingga semua peserta festival, atau apapun, luluh lantak, sirna tersedot danau masuk kedalam bumi. Purnama menangis sepanjang waktu, danau terindah itu pun sirna tak berjejak, tak bertanda apapun.

***

Kahyangan Teror Siluman Semut

Elang Emas, masih terjaga siaga, pada kemungkinan apapun, di kejauhan ia melihat bola api menyala tajam membawa bau darah, melintas sekilat meteor, masuk ke dalam taman surga kahyangan. Tentu saja, Elang Emas, marah besar, mengejar bola api itu.

Mati-hidup, tak satu pun tahu. "Glar!" Serangan balik dari pihak lawan sekilat cepat menggempur pertahanan terbang Elang Emas. "Blash! Glar!" Elang Emas, tersungkur menukik, segera menembus melewati batas ozon kahyangan.

"Wusss!" Begawan Misterius, meraih cepat, kembali menerbangkan Elang Emas, ke angkasa luas.

"Mudur cucuku! Putra Sang Jatayu! Dia bukan lawanmu." Begawan Misterius, sembari memberi serangan, kepada lawan.

Antara linglung setara bingung, sebab paruh Elang Emas, sedikit nyeri, kepala masih terasa mutar-muter seperti masuk angin. "Eyang Guru! Biarkan hamba menghadapi begundal itu!" Elang Emas, dari ketinggian terbangnya, tanpa menunggu restu jawaban dari gurunya, langsung merangsek dengan serangan mengejutkan lawan, ia merubah diri menjadi sejumlah Elang Emas raksasa."

"Bam! Duar! Jelegur! Jeleger!" Bergemuruh, menggelegar-gelegar. "Aduh! Biung! Biung! Tobat! Stop!"

Elang Emas, marah besar. Lagi dengan cakar mautnya. "Wusss! Jegger!" Luluh lantak bubar jalan, penyusup itu. Pecah berkeping debu, menyemut dalam jumlah tak terkira.

"Mundur! Cucuku!" Serentak dengan perintah itu Begawan Misterius, menggunakan ajian sakti teknologi badai api. Sirna, gerombolan semut menyemut itu. Taman indah kahyangan porak poranda. Istana kahyangan beserta segala isinya, hangus jadi arang, keindahan kahyangan tak tersisa, seluruh pasukan penjaga keamanan, istana kahyangan, selama ini, pun ternyata para penyusup, dari gerombolan siluman semut menyemut itu.

"Ho! Ho! Kiri kitik! Kiri kitik! Aku sudah lama tahu! Itu sebabnya Raja Dewa, aku sembunyikan! Begawan tak bernama." Suara amat dikenalnya. Cahaya putih berkilau-kilau mendarat indah banget deh. Membawa Raja Dewa, di punggungnya. Begawan Ismaya, muncul dalam suluk terkekeh-kekeh.

"Sejarah mencoba menggeliat. Namun manusia lupa pada asalnya, demikian juga dengan para dewa, ternyata tak sakti-sakti amat hehehe," sembari mengubah diri jadi Semar. *"Ayo! Lah kok malah bengong seperti kepompong. Kahyangan wajib disulap lagi. Biar indah seperti sedia kala, para adindaku terhormat."*

Gending Tombak Asmara, mengumandangkan Suluk Kurusetra, penjelasan, tentang perang tak menguntungkan siapa pun, kecuali para hipokrit oportunistis, meraup keuntungan dengan cara apapun asal perutnya kenyang.

***

Megatruh Suluk Kurusetra Berbudi

Siluman semut, bisa menjadi apa saja, termasuk jadi cacing tanah sekalipun. Tujuan mereka hanya tunggal, materialisme kebudayaan, itu sebabnya pula, mereka bergerak secara berkala, meresap, menyelinap, melenyap. Namun bagi pertahanan para Begawan sakti, tak ada kata lain, kecuali perang tanding, itu satu-satunya jawaban.

"Tak guna kesabaran. Jika terlalu sabar kita akan lengah. Seperti kajadian terbaru di kahyangan." Suara Begawan Misterius.

Semar hanya menarik napas. Menghelanya dalam Suluk Kurusetra.

"Awang-awang tak berlangit, tak apa. Asal tetap luhur berbudi. Jadi sabar memang sulit. Namun tak sesulit menggali lubang semut. Para kehidupan wajib berkaca diri, memantulkan ruh di badan melihat sukma sendiri gentayangan, lalu bertanyalah kepadanya. Benarkah engkau sukmaku, mengapa berupa panca-warna. Apakah itu mungkin pertanda ke tak sempurnaan, atau mungkin sebaliknya."

Eyang Jatayu, menjawab sangat sabar semerdu suara kutilang sepagi. Seirama indah suara dari rumah-rumah ibadah.

"Kalau bertanya adakah sesungguhnya langit. Tak semua percaya bahwa langit itu ada. Tak semua percaya bahwa langit ada karena udara. Tak semua hidup percaya pada mendung di tengah kemarau akan hujan, berbeda tujuan boleh-boleh saja, asal

jangan merusak benih menjadi jelaga. Tak semua percaya ketika melihat ruh di bandan jalan-jalan serupa panca-warna, karena pemiliknya selalu bertanya."

Para satria telah hadir di kahyangan. Raja Dewa, mengumandangkan, Suluk Megatruh Kurusetra Berbudi. Hadirin menyimak dengan seksama, termasuk Begawan Misterius, duduk berdampingan dengan Begawan Ismaya.

"Rangkaian melati langit, telah tumbuh mengangkasa. Sesungguhnya tak pernah tahu kemana lintang kemukus akan jatuh. Kejayaan Majapahit telah ditulis sejarah, pertanda itu serat syair para bijaksana. Tak ada kemenangan. Tak ada kekalahan."

"Sebab menang atau kalah sesungguhnya kekalahan sekaligus, kemenangan. Kecurigaan hanya milik para pembeli kemenangan, merupakan awal mula kekalahan, demikian pula dengan kekalahan, sesungguhnya awal mula kemenangan, karena telah menelan kecurigaan."

Gending Tombak Asmara, mengumandang gegap gempita. Para penonton bersiap berdiri bertepuk tangan, menunggu setelah layar di tutup.

Tontonan modernisme, selesai sudah. Namun mata raksasa, raja semut masih mencari celah nyeruduk lagi, akan kembali melakukan tindakan invasi militer demi merebut materialisme kebudayaan.

Siluman semut akan kembali menggelar pasukannya, kapan saja kesempatan itu datang. Ambisi menguasai seantero isi bimasakti, tak kan pernah sirna, dari kebiadaban cita-cita semut menyemut itu.

***

Sudut Lain Keramaian Pasar Tontonan

"Dewi! Dewi Sekar Mayang Merah Mawar. Dimana sih kamu." Dia memanggil-manggil, sambil membawa dua mangkok es krim.

"Halah suaramu di keren-kerenin, biar seolah-olah sayang banget, setia banget, hm, seperti jangkrik mengerik melihat si cantik, calon pemegang takhta utama itu. Buktinya tadi kamu melirik putri busana merah, hih! Hmmh, setia tapi matanya meletot melihat jidad kelimis si merah, hih!" Benak Dewi Sekar Merah Mawar, dibakar cemburu berarak-arakan, dia tetap nangkring di atas atap toko kelontong penjual es krim itu.

"Dewi! Sekar Mayang! Sayang! Aku makan semua nih, es krimnya. Kalau enggak nongol."

"Jangan!" Suara dari atas atap. Turun melayang dengan ringan. Langsung kepundak si pemuda.

"Nih!" Si pemuda menyodorkan es krim tanpa menoleh.

"Kok gitu! Enggak mau! Jadi! Lebih cantik dia dibanding aku. Ngasih es krim nggak liat orangnya. Emangnya aku patung!" Kesal. Sekar kembali melompat terbang jumpalitan di angkasa. Pedangnya menebas atap semua toko sekitar pusat keramaian itu.

"Sekar! Kalau mau gila kerumah gila!" Si pemuda mengejar. Terjadi kejar-kejaran. Semua mata di keramaian itu melihat mereka. Lantas semuanya tepuk tangan.

"Sekar! Sekar!" Suara publik di keramaian itu. Si pemuda tak juga mengerti melihat Dewi Sekar Merah Mawar, ngambek begitu rupa.

"Ini tak bisa didiamkan." Pemuda itu, menangkap sekar dengan cahaya, melepas pedangnya, mengejar, mengikat sekar dengan cahaya di angkasa. Publik tepuk tangan lagi.

"Cium! Cium!" Suara publik merona meriah. Si pemuda menggendong sekar turun dari ketinggian itu. Publik bersorak, "Dicium dong!" Suara-suara serupa semakin meriah menyalak malam di bawah purnama.

Di antara keramaian itu ada keduanya, menyaksikan peristiwa itu. Tioning, senantiasa berjarak namun tetap bersisian dengan busana merah. Tioning, sangat mampu mendengar lewat kepekaannya termasuk suara hati di lingkaran peristiwa itu.

Dengan sabar, si pemuda, menurunkan Dewi Sekar Mayang Merah Mawar, juga calon kuat pemegang takhta kedua. Busana merah menyala pula hatinya, amarah, menahan amuk. Melihat kandidat saingannya, saudara sedarah lain ibu.

"Hih! Dasar culik!" Gumam di benak busana merah, ia jadi ingat pemuda asing nyebelin membuatnya kacau pikiran, hati galau jungkir balik.

Tioning, mendengar, melihat semua peristiwa dengan seksama, hingga busana merah lepas landas, melesat dengan kecepatan tinggi meninggalkan wilayah menyebalkan itu, mungkin, akan menuju Desa Daun Delima, tempat itu, bisa membuatnya bahagia, bersama keluarga para petani.

"Hihihi. Kamu ketahuan! Sembunyi hati. Ternyata calon paduka tuan putri ya." Tioning, seraya membututi, mengirim suara perlahan ke telinga busana merah.

Kesal! Busana merah, semakin kesal, ia menggigit kelingkingnya sejenak. Segera busana merah membalik daya terbangnya, ke arah datangnya suara.

"Wusss! Wusss!" Dua pedang merah menyilang di punggung telah terbang mencari arah suara. Lagi-lagi, menyerang ruang hampa. Padahal, lagi-lagi, Tioning, berada dekat di belakangnya.

"Dasar Capung! Pengecut! Mencuri dengar perasaan orang! Kamu pasti anak setan!" Kembali busana merah, melakukan serangan mematikan kesemua arah, dengan berbagai gerakan mengagumkan. Tioning, berdesir perasaannya.

"Semakin cantik kalau marah. Sakti banget deh." Kembali suara, Tioning, ketelinga busana merah.

"Capung! Keluar kamu! Ngumpet melulu! Capung! Jelek! Bau! Nggak pernah mandi! Pasti kamu enggak punya gigi! Capung! Nongol sini kalau berani!" Busana merah menghardik kian kemari. Gegap gempita suaranya.

Tioning, berdesir hatinya, tak tega, ingin segera menampakkan diri, meski sejenak. "Akh! Enggak jadi akh! Nanti aja akh! Biarin, biar mati penasaran hihihi."

"Dahsyat memang gerakan silatnya, tak sembarang jurus ia miliki, semua gerakan silatnya kelas dewa. Murid siapakah dia," di benak Tioning.

"Kamu kira aku tak bisa mendengar suara hatimu! Capung!" Lanjut busana merah semakin geram. "Tak perlu tau siapa guruku. Capung! Perlihatkan dirimu. Dasar manusia ganjil! Pengecut!" Lagi-lagi, Tioning, menampakan diri sekilas cepat.

Serentak pula, dengan tenaga penuh, busana merah, menyerang dahsyat. Namun, tak mendapati apapun. Cuma angin di ruang kosong. Kesal bukan alang kepalang. Lalu dia melesat meninggalkan Tioning, tetap membuntuti, namun kali ini sejajar bersisian, meskipun tetap berjarak.

"Cantik sekali rupanya, dengan rambut tergerai mengombak angin. Ngaco! Tugasku belum selesai." Tioning memisahkan diri. Dia harus berhenti penasaran pada busana merah.

***

Sudut Lain Desa Daun Delima

Waktu berlari ke mana pun pergi bertaut, hari-hari menari-nari, Desa Daun Delima, tempat persinggahan, Tioning, melepas mimpi-mimpinya, dari kejauhan melihat, kesederhanaan perilaku busana merah, tak serupa kalau ngamuk, galak, marah-marah, tegas, mengerikan.

"Hiih! Serem! Horor!" Batin, Tioning.

Di Desa Daun Delima ini, busana merah ikut bergiat dengan para petani sehari-hari, terlihat semakin akrab, ikut kesederhanaan mereka, makan bersama, canda tawa dengan anak-anak para petani, melatih mereka dasar-dasar pertahanan bela diri, penuh kesabaran. Bersifat melindungi desa itu, di sela waktu senggangnya, busana merah, menuju bukit sisi Barat desa, sebelum matahari terbenam, tak henti terus melatih dirinya.

"Intinya dia perempuan sederhana penyabar juga ya. Tak sama dengan perempuan cantik, serupa kembarannya itu. Manja, kalau ngambek ngerusak kiri-kanan, Beruntung, aku, menyimak semua peristiwa, saat itu."

"Apa mereka kembar? Selintas di pendengaranku saat itu, tidak."

"Oh! Karena si cantik manja itu, calon pemegang takhta juga, jadi boleh marah-marah ngerusak kiri-kanan, manja, beda banget, dengan busana merah, cantik, mau hidup sederhana, berteman dengan para petani."

"Siapa pemuda sakti itu ya, terkesan sangat sayang pada perempuan dipanggil dengan Dewi Sekar Mayang Merah Mawar, namanya bolehlah, tapi kelakuannya tak sekeren namanya. Dari peristiwa itu pula, aku tahu semakin terang, busana merah calon kuat pemegang takhta."

"Tapi dia terkesan masa bodoh. Asyik di desa ini dengan para petani."

"Boleh juga, nih! Iseng-iseng aku menyusup akh, kedalam istana mewah itu."

"Siapa sih sesungguhnya keluarga itu. Wah! Asyik! Besok aku mulai, iseng-iseng aja lah hi hi hi."

"Hahaha, aku tak dapat membayangkan. Seandainya nih, busana merah mengetahui rencanaku. Hi hi hi ... bisa runyam hamba."

***

KTT-Para Dewa

Konferensi Tingkat Tinggi-KTT Para Dewa, baru mulai hari pertama. Mereka membahas soal-soal kehidupan seantero planet semesta, sehubungan dengan instabilitas perdamaian ekonomi, akibat teror kekacauan gerombolan semut menyemut, selalu mencari celah untuk membuat onar jagat antar planet.

Sementara itu Raja Dewa, wajib segera membantu ketenteraman, keamanan, menjaga stabilitas perdamaian, menyehatkan roda ekonomi berbagai bidang, penghuni planet-planet, perubahan kebijakan dilarang sewenang-wenang, hanya bersumber pada satu kerjasama kekuatan ekonomi, membuat neraca perdagangan tak berimbang, berimbas pada hubungan bilateral, maupun multilateral.

Raja dewa, tak ingin langit di bumi Jawadwipa menjadi langit negeri lain itu. Seluruh bentuk kebijakan seyogianya mampu memberi ketenteraman para mitra kahyangan semesta lain. Para dewa berkewajiban memberi keseimbangan, mampu, berjalan mulus bagi semua pihak.

Semar, mengamati lewat frekuensi langsung dari Karang Tumaritis, jalannya KTT Para Dewa itu.

Pertikaian politis antar kepentingan dunia usaha sedapat mungkin berlaku tak ada, agar kerjasama dengan kahyangan semesta lain lebih meningkatkan persahabatan. Tak ada lagi kebijakan dua sisi, pada akhirnya tak menjadi stimulus hidup saling berdampingan. Keputusan penting telah ditetapkan, meski perdebatan berjalan alot. Namun penyelesaian putusan telah memberi pencerahan pada semua pihak.

Keputusan terpenting dari KTT Para Dewa, setelah penetapan perdamaiaan ekonomi. Tetap mewaspadai gerombolan semut menyemut, mempersempit ruang gerak mereka, agar tak mampu lagi nongol seenaknya, membawa teror isu-isu siang bolong.

***

Sudut Lain Perpustakaan Dua Putri

Bukan Tioning, kalau tak mampu menyusup ke istana sengketa dua putri itu. Dia mencari pusat data, perpustakaan, sumber ilmu juga catatan-catatan penting perilaku penghuni istana. Malang tak dapat di tolak, untung tak dapat sembunyi kelain hati.

Tioning terkejut. Membaca sebuah catatan, menyebut Bunga Putih Cogan Alam Purnama, merupakan gelar kebesaran, sekaligus kehormatan ibundanya. Secepatnya ia menyalin catatan itu, dengan pena seadanya, bergetar jiwanya.

Gemetar hatinya, busana merah, apa mungkin. Sungguh sulit dibayangkan, Tioning, memutuskan segera kembali ke perguruan, menemui guru mulia Pertapa Daun Salju.

Alegori Cerita Silat (Part 3)

Episode (3)
Serat Para Pelindung

Kor suluk berangkat perang. Barisan prajurit gagah siaga tempur

"Adalah keikhlasan memesona budi pekerti rahayu ing mayapada. Kalam hati, kalam lautan, kalam bumi, kalam langit, sedia mengabdi. Takkan terkayuh biduk keseberang kalau badai tak menantang. Jangan memanggil setan kalau mau perang."

Imperium terbesar itu tengah mempersiapkan pasukan perang, mungkin akan berlangsung dahsyat, kali ini panglima perang akan memimpin langsung pertempuran. Panji-panji, kerajaan berbaris rapih di apit puluhan pasukan berkuda putih, itu pertanda raja akan turun ke arena kancah perang tanding.

Melihat persiapan kolosal seluruh pasukan infanteri, kavaleri, belum pernah mengibarkan umbul-umbul sutera putih mendampingi panji-panji imperium itu, lambang dengan sebutan, Mayapada Mangku Semesta, di lingkaran sepasang, Naga Pesona Angkasa, itu artinya raja akan turut berperang, konon dalam serumpun kisah perumpamaan Jawadwipa, keberadaan raja di arena, sebuah gambaran, telah mendapat restu dari Gusti Pangeran.

Namun sejak tadi belum tampak pejabat tinggi abdi kekuasaan pembantu raja setingkat menteri, muncul di antara pasukan kavaleri, untuk menyambut kehadiran raja, biasanya, berikut panglima tentara imperium, diikuti para komandan ahli perang paling disegani, peraih kemenangan di setiap pertempuran paling menggegerkan, penakluk kerajaan benua tropis hingga terjauh. Membuncahkan kerajaan benua salju meluas ke Timur, melebar ke Utara, hingga ke Selatan benua-benua lain itu, menyeberang benua tropis di belakang purnama, bahkan beberapa karajaan besar di jazirah Pasir Bernyanyi, telah menyatakan takluk, setelah imperium mendukung serangan negeri Persi, menaklukkan negeri Dewa Dewi-simbolisme. Ini sungguh tidak main-main namun kali ini belum tebersit kabar kemana gerangan serangan akan menuju, keberangkatan pasukan kolosal imperium itu, membuka serangan pertempuran.

Terompet sangkala waktu menyalak ke angkasa, terlihat rombongan barisan kavaleri berkuda hitam bersimbol panji-panji pejabat tinggi pembantu pemerintahan raja setingkat menteri, di ikuti oleh para menteri, berbaris memasuki celah barisan pasukan berkuda putih, pertanda raja bersama panglima tertinggi, segera muncul di arena. Demikian lah kiranya, menurut kabar cuaca ditinjau dari sinyalemen intelijen tersirat, perang ini merupakan ajang adidaya imperium, atas kejayaannya. Ngeri deh! Seumpama perang itu terjadi.

Dentuman meriam kavaleri menembak angkasa empat kali merupakan rangkaian filosofis kuasa samudera, kuasa tingkatan pintu langit, simbolisasi spirit naturalisme menuju wawasan surealisme, Gelar Jagat Bumi, sebuah sumpah pengabdian kekuasaan raja untuk rakyat imperium, itulah saripati dari kekuasaan imperium. Itu sebabnya pula, imperium, boleh dibilang tak pernah melemah atau sakit flu, sebab kekuatan, doa, dari rakyatnya terus mengalir ke surga tertinggi, Taman Keabadian Para Pelindung.

Bersamaan dengan persiapan perang itu, bumi bergetar dahsyat, bagai amarah api penguasa neraka, dajal mastodon-pembohong tepercaya kelas wahid. Wah! Gawat nih.

Getaran bumi memuncak, menggelegar! Berdentuman dahsyat mencapai angkasa dalam tempo singkat planet bumi luluh lantak, lautan bergolak, gelombang tsunami gigantik menggulung kehidupan serentak cepat, terjadi perubahan iklim, dingin membeku memikat gelap-gulita, debu vulkanis, magma menyala api, jelaga merata tanah, tangis tak mampu menyuluh damai, sebab sesal telah terkubur.

Suluk Bumi Gugur

"Raksasa gelap muncul dari lautan, menutup angkasa, para kawula sirna dalam badai hujan lautan membara, melumat tak tersisa. Tak ada kekuasaan manusia mencapai langit, kalau kedigdayaan sekadar simbolis."

"Gusti Pangeran, tidak pernah marah, hanya memberi perubahan ekosistem bahwa makhluk hidup hanya debu, asal mula kehidupan ruh di badan. Welas asih kembang lestari suci nurani, kembali menyuburkan bumi dari amarah dirinya sendiri."

"Keabadian milik Gusti Pangeran, kawula berkewajiban melaksanakan kemuliaan ruh di badan, menjauhkan karma angkara murka.

"Sajak-sajak kinanti amarah gunung sejati mereda, kembali tumbuh seyogianya kehidupan, manusia sebaiknya tak memangku keangkuhan."

***

Puncak Rinjani Sepagi Mentari

Setara usia satria muda, perempuan itu berdiri mengucap syukur kepada ilahi atas segala ujian telah dia lalui bersama guru mulia, seorang pertapa berbudi golongan para resi.

Tak lama kemudian perempuan itu melatih jurus-jurus silat pamungkas memuncakkan kesaktian, gemerlap cahaya tubuhnya berkesinambungan, fajar kizib bersuluh fajar sidik, mengawang ufuk fajar menyingsing, gerakannya menggemulai berkekuatan tenaga pranala dalam sublim.

Sepasang elang perkasa memberinya tanda untuk saling berkejaran, seindah tarian gerakan itu, tak berapa lama setelah bermain-main di angkasa, mendarat mulus dengan sepasang elang bertengger di kedua pedangnya, lantas ia memelesat setara suara, setelah doa terakhir untuk ibunda tercinta.

Suluk Bunga Kembar

"Setaman bunga, setaman hati, sukma tak jauh dari takdir ilahi, melindungi pengabdian tatanan negeri, keberanian tak

cukup kekal, waktu menguji alam, kehidupan menguji pelangi peradaban. Kisah rembulan serupa kisah mentari."

***

Gunung Toba Sepagi Mentari.

Satria muda di ketinggian gunung Toba. Memandang jauh seluruh permukaan bumi, matanya menyala sejuk, mengenang kisah leluhur purba.

"Di benua ini terkubur generasi leluhurku. Awal mula baru telah tumbuh ilalang-ilalang berembun, penyejuk berbagai musim."

"Ibu? Kalau benar takdirku, seperti tertera kisah tertulis di serat daun bambu kuning ini, kan kubawa mati janjiku, mencari saudara kembarku, sebagaimana tertulis." Satria itu khusyuk, berdoa, menyala cahaya dari tubuhnya ia sirna. "Blasz!"

Suluk Pedang Kembar

"Menembus rembulan menangkap matahari, sukma di badan fitrah ilahi, melindungi pengabdian tatanan negeri, keberanian tak cukup kekal, waktu menguji alam, kehidupan menguji pelangi peradaban. Kisah rembulan serupa kisah matahari."

***

Puncak Mahameru Sepagi Mentari

Satria muda itu, terbang simpang siur melatih diri meliuk kian kemari seperti naga terbang, siapa gerangan sepagi buta berlatih di ufuk fajar sidik di ketinggian, Mahameru, dingin menggigit kalbu.

Dia terlihat gelisah dari gerakan jurus pamungkas itu, seperti tengah menghilangkan perasaan terlanjur berbunga di taman hati, seperti ada sesal sekaligus ketulusan menerima takdir terlihat dari gerakan penutup olah tubuhnya.

Kembali mendarat secara perlahan-lahan sungguh prima, setelah kedua kakinya menjejak bumi, dia melepas tenaga pranala dalam ke angkasa, mungkin tengah melepaskan kegelisahannya. Selanjutnya, memelesat bagai lintang kemukus, melenyap, dalam kecepatan terbangnya.

Suluk Pedang Kembar

"Menembus rembulan menangkap matahari, sukma di badan fitrah ilahi, melindungi pengabdian tatanan negeri, keberanian tak cukup kekal, waktu menguji alam, kehidupan menguji pelangi peradaban. Kisah rembulan serupa kisah matahari."

***

Puncak Krakatau Sepagi Mentari

Setara usia satria muda, gadis itu bersemadi kokoh di puncak Krakatau. Janji suci telah terucap.

"Tak ada kata lain, kan kucari keberadaanmu, saudara kandungku, daun bambu kuning ini, kan ku simpan hingga hayat di kandung badan sirna."

"Guru, maafkan hamba bila kurang sempurna. Terima kasih atas restumu, telah terserap di sukmaku, bersama pedang ajaib di tubuhku," memelesat melebihi kecepatan suara, kata nurani membawa takdirnya, menembus bianglala antara waktu.

Suluk Bunga Kembar

"Setaman bunga, setaman hati, sukma tak jauh dari takdir ilahi, melindungi pengabdian tatanan negeri, keberanian tak cukup kekal, waktu menguji alam, kehidupan menguji pelangi peradaban. Kisah rembulan serupa kisah mentari."

***

Menilik, keempat suluk itu, mungkin sengaja dibuat sedemikian rupa, penanda kehadiran trah dari seorang ibu, telah moksa menurut kisahnya, bernama Kanjeng Ratu Cogan Alam Purnama alias Bunga putih. Diduga oleh sejarah cerita rakyat semesta, Bunga Putih, putri satu-satunya titisan Dewi Kebijaksanaan, dari kahyangan.

Kisah bermula ketika Sang Dewi Kebijaksanaan, kehilangan Selendang Pelangi Surga, pemberian Dewa Iklim, kekasihnya. Akibatnya Sang Dewi, tak mampu pulang, tak bisa kembali ke Kahyangan, lemas tak berdaya.

Sang Dewi lupa waktu, asyik bercengkerama setelah mandi di sungai jernih itu, sesaat setelah Sang Dewi, selesai menabur benih kesuburan selingkar area, Mahameru, agar kembali hijau setelah erupsi beberapa waktu. Kewajiban memberi kebaikan kepada penduduk desa setempat, sedang bersedih, akibat bencana erupsi itu, secara ajaib Mahameru, kembali hijau berkat benih dari, Sang Dewi.

Sang Dewi, telah selesai melaksanakan kewajiban, tertarik, untuk turun dari terbangnya, melihat, sumber air sejernih embun, terlihat, sejuk mengalir dari puncak, Mahameru, menjadi sungai-sungai bening. Sang Dewi, ingin menyentuh air jernih itu, membuat dia lupa waktu, asyik bercengkerama bersama perempuan penduduk desa, tengah melaksanakan tugas-tugas keibuan, sebagaimana mestinya di sungai jernih itu, hingga menjelang sore.

Para perempuan desa, kebingungan, bercapur sedih, meskipun telah berupaya mencari selendang, Sang Dewi, di huma-huma serapat kusut, di antara celah pepohonan hutan lebat, di balik antara celah bebatuan raksasa, tak juga menemukan selendang, Sang Dewi.

Syahdan, Rara Santini, salah satu gadis desa itu, menjumpai pemuda pengayom desa, anak Ki Lurah Damarjati, menceritakan kejadiannya kepada pemuda itu, setelah beramai-ramai dengan susah payah, mengevakuasi Sang Dewi, hingga tiba di pendopo desa, balai pertemuan antar warga.

Atas seijin kedua orang tua pemuda itu, dirawatlah, Sang Dewi, oleh keluarga Ki Lurah, hingga Sang Dewi, kembali sehat, seiring waktu, sesingkat cerita, Sang Dewi, mulia hati, di persunting oleh Mahesa Wulung, si pemuda itu.

Hingga pada waktu kemudian desa itu berkembang menjadi Kerajaan Hutamasanjaya, di ujung Timur Jawadwipa, dekat candi rembulan, di bangun oleh Mahesa Wulung, bergelar Maharaja Mahameru, candi itu, sebagai tanda-cinta kepada permaisuri-Kanjeng Ratu Cogan Alam Purnama.

***

Arena Adu Banteng Menjelang Tengah Hari

Seorang perempuan muda hampir mendekati meja petugas pendaftaran lomba, dia ada di urutan ketiga dari barisan antrian paling depan, berbusana warna biru langit, menyilang di punggungnya sepasang pedang kembar. Tak lama dia menerima pemberitahuan singkat dari persyaratan mengikuti lomba di arena itu, berhadiah lima ratus keping uang emas, dia menerima nomor urut perserta ketiga dari pelaksana lomba.

Sesingkat waktu, lomba menaklukan banteng liar terganas dimulai, penyelenggara lomba, memanggil peserta pertama, gugur, dalam waktu singkat di injak-injak banteng, peserta kedua pun bernasib sama, mati di injak-injak banteng.

Sampailah giliran busana biru, saat dia, memasuki arena itu, sepasang elang berkelebatan terbang rendah, terdengar suitan nyaring dari busana biru, dengan serta merta elang itu terbang agak meninggi, mengawal, busana biru, dari ketinggian terbangnya.

Hanya dalam satu gerakan tak kasat mata, busana biru menghantam, bagian depan kepala banteng itu, terpental beberapa meter, tersungkur meregang nyawa, dengan kepala retak tujuh titik tepat di dahi banteng itu.

Segera, busana biru, memelesat cepat meraih hadiahnya, dalam satu lompatan diri, menghilang misterius, uang keping emas, dibagikan kepada setiap kepala desa, untuk membangun sekolah, serta penyelarasan, pembangunan, desa-desa tertinggal.

***

Malam-Sudut Lain Hutan Tropis Borneo

Busana biru, sedang asyik nangkring di pohon besar hutan tropis, benua indah, di kawasan Barat itu, letak geografisnya berseberangan, dengan benua Jawadwipa.

Setemaram malam mata elang menangkap nyala api unggun. Tak lama sepasang elang telah bertengger di dahan di hadapan busana biru, mereka seperti memperbincangkan sesuatu, tak selisih waktu lama busana biru memelesat terbang, sekejap sudah nangkring tepat di atas rombongan, terlihat, mungkin sedang istirahat dari perjalanan jauh.

Sepasang elang, menyulap mata menjadi dua peri semirip busana biru, dua peri turun, menyelinap malam, menyelidiki area itu, mencari sesuatu.

Peri Satu: Hihihi, mereka telah aku mantra, akan lelap bangun kesiangan

Peri Dua: Lihat deh, tali terompah mereka telah aku ikat saling bekait hihihi

Dua Peri: Yuk! (terbang meninggalkan rombongan itu)

Sepagi fajar sidik memuliakan mega berarakkan, membuka kelopak mentari sapuan indah fajar menyingsing. Sepasang elang terbang mengintai rombongan terlelap pulas mendengkur.

Busana biru, memeriksa peta tujuan rombongan itu, dipinjam sementara oleh dua peri semalam, ia menghela napas panjang mengalir darah trah ibunya. Melipat peta seperti semula, lalu dilemparkan keangkasa, sepasang elang menyambar, membawa peta itu ketempatnya semula.

Rombongan serentak terbangun, saling memarahi. "Siapa mengikat tali terompahku," suara-suara itu terdengar keangkasa, sepasang elang cekikikkan, memelesat terbang menuju busana biru tengah bersemadi di ketinggian mega, di atas hutan tropis, Borneo.

"Ya, segera kita selesaikan." Ketiganya memelesat menuju rombongan tengah panik karena terompah mereka saling berkait terikat, terlihat pula seorang muda, mungkin pemimpin rombongan itu, ber-zirah gagah, sedang marah-marah, pedangnya terikat tali terompah di salah satu pohon, oleh tali terompah, milik beberapa anggota rombongan. Pemuda itu terus marah-marah, serupa ceriwis, pada beberapa anggotanya pemilik tali terompah.

"Lelaki cerewet seperti bebek betina. Pasti ilmu silatnya cetek seperti serangga undur-undur." Busana biru, bersuara merdu, namun memekakkan telinga, bergetar pohonan berguguran dedaunan.

"Siapa!" Lantang amarah suara pemuda itu.

"Hihihi! Marah-marah, seperti keledai tak bertanduk. Hihihi!" Dua elang menukik turun menyambar nyaris mengenai ubun-ubun pemuda itu, segera bersalto akrobatik melemparkan pisau terbang kesegala arah ke udara.

"Hihihi. Meleset. Masuk angin yaa. Pisau terbangmu nyangkut di hidung gerombolanmu tuh!" terlihat beberapa orang memegang hidung masing-masing, berteriak kesakitan, tak lama kemudian mati, terkena raccun dari pisau terbang pemuda itu.

"Minum racun dicampur air tuba hihihi." Suara menjengkelkan itu, membuat orang muda itu, memuncak kemarahan.

"Perempuan! Seperti keripik! Renyah suaramu tapi pengecut. Sini kamu! Aku si rubah sakti dari benua biru. Aku goreenng deh kamu!" Orang muda itu menahan geram amarah memuncak.

"Rubah atau celeng? Celeng yaaa. Nih! Rasakan keripiknya!" Suara busana biru, serentak sekelebat, memelesat sembari menyentil telinga orang muda itu keras sekali, hingga orang muda itu terhuyung-huyung.

"Kak! Kak!" Suara sepasang elang di angkasa, ngakak terpingkal-pingkal, diseling suara cekikikkan busana biru.

"Segera kembali ke benua asalmu sebelum aku berubah pikiran menggantungmu serentak gerombolan jelekmu, dengan kaki di atas kepala di bawah di pepohonan hutan ini hihihi."

"Ooo, jangan dooong," suara rombongan itu bersahutan memohon ampunan. Ketakutan, suara busana biru seperti berubah meninggi tertawa memekik, padahal tidak. Tentu saja membuat lelaki muda itu, kesal bukan alang kepalang.

"Ikhh! Kalian deh. Jangan bikin malu kerajaanku dong? Ayo! Kita lawan, perempuan culik ini, bersuara setan berhati jahat!"

"Kak! Kak!" Sepasang elang, sekali lagi menyambar ubun-ubun orang muda itu, kali ini hanya mencabut beberapa helai rambut dengan paruhnya.

Menyusul tanpa suara apapun. Orang muda itu terangkat terbang dengan kecepatan luar biasa terus meninggi ke angkasa. Busana biru hanya melihat saja, sepasang elang membawa terbang orang muda itu, berteriak-teriak histeris.

"Hahhh! Auu! Turun! Turunkan!" Suara itu, lama kelamaan menjadi tangis di angkasa.

"Katanya sakti. Tadi menantang aku hihihi, ternyata segitu ajeh niih!"

"Iya tapi tak setinggi ini. Takuuut tau hik hik." Orang muda itu menagis sekeras histeria teriakannya. "Hoaaacch! Hoooaacch! Ampuun!" Kembali sepasang elang, membawa turun orang muda itu, dengan menukik tajam super cepat. Orang muda itu seperti remuk redam lepas semua badan. "Hooaahhh! Hoooaaah! Mati akuuu! Nyerah deehh! Nyeraaahhh! Ampuun!"

Sepasang elang mengirim bunyi gelegar kebawah, seolah-olah orang muda itu dibanting ke tanah. "Glar!"

"Aau! Glar! Ehh Glar! Aduuh jahat deeh kamuu!" Padahal pemuda itu diturunkan, di letakkan ketanah, perlahan-lahan, oleh sepasang elang itu.

"Hihihi. Latah ya. Katanya sakti. Gih! Sana minggat! Atau mau aku gundulin rambutmu?" Busana biru semakin usil, sepasang elang bertengger di ketinggian pepohonan hutan itu.

"Iya. Aku mau minggat heee hik hik"

"Eit! Stop! Kembalikan semua barang-barang hasil rampokanmu! Letakkan di regol setiap desa telah kau rampok lalu, mohon ampunan pada mereka, kalau tidak dilaksanakan. Kamu aku pites! Sepasang elang mengintaimu."

"Ehhh Jangaan! Hamba tak mau mati dipites paduka putri heeee hik hik."

"Aku bukan putri! Sekarang! Miggat! Gerombolanmu! Sudah kabur tuh!" Orang muda itu tak menoleh lagi pada busana biru, langsung melompat kabur lintang-pukang, lupa pada ilmu saktinya, terjatuh-jatuh, jumpalitan, tersungkur-sungkur, terkencing-kencing.

***

Taman Eden Kahyangan

Di sini matahari tak terik, waktu siang bagai sore. Purnama senantiasa di kurva sepertiga kaki langit. Takzim memuja fajar sidik menyingsing kenangan sajak-sajak waktu hidup di bumi. Berupa-rupa warna buah-buahan tumbuh seperti keinginan mata memandang.

Tetumbuhan memberi makna prosa syair bunga-bunga, bercengkerama, serangga, berbincang-bincang, dengan binatang sesuka tersirat memasuki keinginan hutan-hutan tersurat langit punya warna sendiri, tak ada puisi tentang gerimis atau pun hujan, mungkin kerena keduanya milik bumi.

Kekasih tak ada, cinta tak ada, sebab alam di sini telah memberi seperti kehendak bening. Selintas berbincang, sekelebat terlihat aura ruh pernah saling mengenal, bernama ataupun tak bernama tak penting benar, karena memang di sini tak ada tubuh seperti ketika di bumi menjadi benda hidup.

Sapaan di nurani derai tawa, diksi, tak serupa sajak muram tentang keluh-kesah cinta, terbungkus puisi perselingkuhan waktu atau pun mimpi tentang kekasih hanya ngawang di permukaan nurani sawan milik bumi.

Di sini hanya ada suci, bukan putih, seperti sangkaan novel atau pun cerita pendek sekalipun puisi, carangan makhluk serupa di benua mana pun, kerena di sini tak kenal kepura-puraan bunga sintetis pabrikan ketika hidup lampau di sana di celah ke tak sempurnaan susastra pujian, tutur pun tak ada, tulus saja, selesai.

Ya, batas itu tak ada, batas antara kejahatan atau pun kebaikan, karena di sini paripurna dari puncak tertinggi keabadian, ikhlas, dari hal tak pernah terucap, ketika di bumi, menjadi nyala tak terbatas persinggahan makrifat tak henti-henti, waktu, tanpa peluh di pelupuk mata lelah.

Sekalipun cercah kerinduan, hanya sublim seterang haribaan seperti ketika di dalam rahim pembawa kehidupan bagi semua makhluk.

"Tuk!" Buah sebiji, menimpa kepala, memudar mimpi, menghapus lalu.

"Tuk! Tuk!" Kali ini biji buah itu sengaja di timpukkan pada seseorang tengah lelap di bawa mimpi.

"Pluk!" terbuka pelupuk mata seorang muda itu, kena sasaran timpukan sekaligus beberapa biji buah dari beberapa kera pemakan buah, cengar-cengir, nangkring di sekitarnya, satu nyaris mengencingi dahi orang muda itu. Bersicepat dia bangun.

"Nguk! Nguk!" Suara para kera.

"Oh! Kalian mau canda tawa denganku? Mengganggu tidurku? Enggak gitu caranya. Hus! Hura! Huuhh! Auu! Uuk! Uuk! Auu!" Mendengar suara pemuda itu, para kera berlompatan kian kemari dari dahan kedahan, berlarian simpang siur.

Bersegera pemuda itu mengejar mereka menyimpang ke kanan, melompat ke kiri, menerbangkan diri kian-kemari, melempar tinggi tubuhnya berakrobat di udara, turun menukik menangkap seekor kera di lempar ke angkasa, kera itu berteriak-teriak nyaring, di kejarnya, di tangkapnya lagi, mendarat sangat indah, melepas kembali kera itu, dia kembali membuat lemparan diri berputar-putar keangkasa, kembali menukik, mengejar para kera berlarian lintang pukang sembari berteriakkan, mungkin, luapan kegembiraan, dalam candaan itu melompat-lompat kegirangan, di puncak-puncak pepohonan raksasa hutan itu.

Melihat gerak geriknya, dengan kecepatan pola dari rotasi gerakannya, mungkin dia seorang satria ahli silat papan atas. Lantas dia menaruh punggungnya sejajar puncak pohon-pohon, para kera berlompatan manaiki punggungnya. Bergelayutan di kostum warna perak tekerlap, bersalto akrobatik di udara.

"Siapa menyuruh kalian menyusul aku. Guru ya? Ngomong! Ngaku! Kalau tidak kalian aku bawa lebih tinggi, ke udara. Ayo! Ngaku! Satu! Dua!"

"Kuuk! Kuk! Eiiik! Eiiik! Iyaaa Guru!"

"Nah! Cakep!" Segera pemuda itu kembali menukik tajam turun vertikal. Kera-kera itu berpegangan erat, seraya berteriak-teriak riuh rendah.

Alegori Cerita Silat (Part 4)

Episode (4)
Nyanyian Sepasang Angsa

Angan di Awang-awang

"Macapat merenda serendeng tak senanda, terombang-ambing benak kepala, melaut tak jua sampai, di darat angan berlarian menjumput perdu setaman, tak sehati risau mengocok sukma, menjuntai tak merana, selisih menggurat kening orkestrasi kenangan siang."

***

Kenangan Siang Kedai Kaki Gunung

Tiosang, tak habis-habisnya kepikiran meski pun masih sebel banget. Saputangan perempuan itu jatuh di dekat, tempat ia duduk, hamba pungut saputangan itu, meletakan di meja dengan santun, tepat, di tempat perempuan itu duduk, seelok rupanya.

"Terima kasih," keren, menoleh pun tidak.

Baiklah, hamba panggil angin sepoi-sepoi selewat mantra, "hihihi," saputangan biru bersulam itu melayang-layang lagi meninggalkan meja pemiliknya, ngeloyor nyungsep nyaris dekat ujung meja hamba, "Ahem hem, kali ini ambil sendiri."

"Kalau berniat baik jangan cuma sekali. Kepala bukan di bawah, di.a.tas," suara ranah batin dari tenaga sukmanya, lumayan keren, sindiran memikat, ogah banget, hamba sedang asyik, menikmati wedang seduh sedikit gula kelapa, hangat-hangat, di kaki gunung sesejuk ini, selagi siang bolong.

Kedai penduduk sederhana, keseruan oleh kelakar-adu mulut, ngakak riang sesuka hati, cakapan seru menderu cuaca tetamu kedai, hamba terus menikmati wedang seduh senikmat gula kelapa, syur kali, serasa sedang bercengkerama dengan, guru, Raja Tua Pemangku Adat alias Resi Bentala Adat, kemuliaannya, mengasuh membesarkan hamba.

"Sayang sekali, tongkrongan satria tapi telinga jadi hidung, seperti jangkrik hihihi," suara lembut kembali merongrong gendang pendengar, menyusup seenaknya ketelinga hamba.

"Jangkrik, lebih cakep, ketimbang orang malas, sila, pungut sendiri, dekat kemari. Si jangkrik tak bermaksud kurang sopan," kalimat dari ranah batin, Tiosang.

Otak usilnya, bekerja cepat, busana biru tak menjawab, nah loh! Secara ajaib busana biru melenyap, menyisakan sekoin uang emas, untuk kedai itu, serentak barengan rambut, Tiosang, diacak-acak serupa angin, ia kelimpungan sejenak. Suara di kejauhan, "Cericau jangkrik mengerik-ngerik tak mampu mendengking, nyali segede kelingking!" sayup mengombak badai.

"Lumayan keren ilmu sakti si hantu biru," berdecak kagum di hatinya "Baiklah, awas-awas saja suatu ketika saputangan ini akan menutup mata sepasang elangmu biar jungkir balik," akhir kalimat Tiosang serupa geram di hati, gondok seperti kena tonjok, pengunjung kedai menyimak, beragam kicauan burung cabai, berisik berkicau bagai melengking.

"Baiklah..." Benak kepala, Tiosang, setelah membayar beberapa benggol plus tiga koin perak di mejanya, memelesat, keluar kedai, namun ia, kehilangan arah, menghentikan kehendak untuk mencari tahu, menerbangkan diri secepat suara, menuju kera-kera sahabatnya, sedang asyik dolanan di puncak hutan mendaki bukit-bukit pegunungan itu.

***

Sudut Lain di Angkasa

Mungkin, pertarunagn dua kekuatan itu terjadi cukup lama, entah telah berapa lama keduanya adu sakti, antara sosok burung gigantik tengah bertempur teramat dahsyat dengan sosok sakti serupa raksasa, "Gile bener."

"Ngeri kali!" Namun sisi sosok besar terlihat berkelebatan mendesing-desing, dalam pusaran cahaya merah membara berganti-ganti rupa sewarna selingan, seperti terus menghindar dari serangan burung gigantik itu. "Waduh!"

Sosok burung gigantik terus menyerang sejadi-jadinya, sepertinya sih, akan merebut sesuatu dari sosok sakti tengah merapat erat dengan lengan kuatnya, serupa menggendong meski tak persis benar.

"Woo," terlihat dari arah sini, sosok jelita gebyar-gebyar bercahaya dari tubuh berkilauan cantik banget, suara-gerakan gempuran berdentuman di angkasa. Api beradu kobaran api, kilatan guntur saling menghantam, sana-sini, apa jadinya ya kalau itu benar terjadi, berantakan hancur lebur kalau cuma sekelas kota metropolitan deh.

Serangan burung gigantik semakin gencar, cakarnya menerkam, mendesak, menggencet, merangsek, bertubi-tubi, tanpa jeda loh "Raksasa dogol! Kembalikan kanjeng putri junjungan hamba! Kak! Kak!"

"Bala dupak. Kepala kopyor! Ini calon isteriku! Ngapain ente ikut campur urusan ane! Walah! Huya! Abdi kahyangan ilmu cetek, tak mencapai mata kaki, burung bebal! Hah!" Serangan balik, sosok raksasa itu sungguh ngeri euy! "Glar! Glar! Dar! Der! Dor!"

Burung gigantik terlihat terdesak hebat, gawat! Sayapnya disambar serangan bola api, sosok raksasa kembali menghantam telak, sepertinya sih, pas, di dagu sisi paruh burung gigantik itu, sosok raksasa mengeluarkan suara mengaum membedah angkasa. "Burung jelek! Ini! Patigeni! Mangan endas-mu! Cuy! Waaccchh! Haacchhrrr! Glar! Dor!"

Burung raksasa terhuyung-huyung, luruh, bulunya rontok beterbangan, tubuh besarnya menukik deras terjun bebas, menuju bumi "Bam! Debam!" Berdebam, tanah ambrol, tubuh jumpalitan, berguling-guling, berloncatan, ngeri! Masih hidup nggak ya, sosok makhluk raksasa segera minggat begitu saja, ogah banget peduli.

Itu beneran sosok raksasa atau bukan ya, karena dari sisi kejauhan ini, belum jelas benar, raksasa betulan atau boongan, tapi kalau melihat besaran tubuhnya, mungkin sosok itu serupa makhluk sejenis manusia, tapi, bertubuh raksasa, hehehe, bahaya, sungguh bahaya, kalau makhluk sejenis itu akan menguasai jagat.

Repertoar Raksasa Adigang Adigung

"Maju! Maju! Raksasa! Dong! Udel bodong! Dong! Hobi boong! Nyolong!"

"Joy! Joy! Hura! Ohoi! Ahoi! Sana sini! Hoi! Ha! Ha! Ha! Aku lipat! Melipat! Aku potong! Memotong! Kamu! Kamu! Hoi! Jag! Jig! Jara-jig-jag! Jor! Jorjoran! Jor! Hua lala! Jor!

"Tikus-tikus! Mati! Di telan raksasa! Ha hahaha! Hua ha-ha!

"Maju! Maju! Raksasa! Dong! Udel bodong! Dong! Hobi boong! Nyolong!"

"Ahoi! Kamu oke! Ya sudah, menang! Hoi! Hoi! Raksasa, udel bodong, otak melompong, hobi nyolong! Melolong-lolong! Jara-jig-jag! Jor! Jorjoran! Jor! Ya sudah, menang. Hore! Raksasa menang!"

"Tikus-tikus! Mati! Di telan raksasa! Ha hahaha! Hua ha-ha!

"Maju! Maju! Raksasa! Dong! Udel bodong! Dong! Hobi boong! Nyolong!"

***

Pertemuan Dua Adibibit, Adi-sakti

Gelar adegan berikut, busana biru, berindera lengkap, peka, sekeren teknologi zaman modern, sepasang elang memberi tanda bersegera mengejar sesuatu, agaknya, ada peristiwa membutuhkan pertolongan, mendesak, terdeteksi, detak jantung perempuan, sepasang elang terbang bersisian menganggukkan kepala.

"Percepat ke arah target, takdirmu mengawalku seumur hidup kan, Eyang Begawan Elang? Itu janjimu."

"Ya cucuku." Wess! Menggenjot kecepatan, melesat! Mendahului busana biru, menuju target, pada waktu kemudian, mega setebal badai pekat, ketika itulah, kedua elang di serang cahaya silau-menyilau, mata sepasang elang "Blass!"

Serentak pandangan tertutup hitam, mata elang gelap, sepekat malam tak berbintang "Cuss! Wuss!" Mendadak sontak, di ikat cahaya menyergap sakti, terikat, ketat oleh tekno ajaib, menyedot elang, sekuat gaib semesta "Fless!" Mengikat mereka, di pohon menyundul langit, hutan belantara, gigantik "Gong!"

Bukan busana biru kalau tak sakti tepat berguna, tekno firasat di benak kepala memberi sinyal getaran frekuensi amat dikenalnya "Eyang Begawan? Elang!" Terperanjat sukma "Bahaya mengancam mereka? Siapa coba-coba, dasar kurang adat," firasatnya mengatakan, benar, dia, si jangkrik ganteng itu, sontak melepas secepat suara memelesat garis cahaya di angkasa, menukik setajam anak panah. Wah! Bisa nyundul bumi tuh!

Para kera, terpental beterbangan, serangan balik ratusan kera tak mampu mendekati busana biru, para kera porak poranda babak belur terpontang-panting. Area hutan itu rusuh, menyala peperangan para kera versus busana biru "Sakti! Lumayan! Sahabat-sahabatku itu membuat anda kewalahan ya," suara ramah semakin bikin kesal setinggi langit, dari ranah batin itu, mengorek gendang pendengaran busana biru.

Amuk! Tak tercegah, luapan gelombang menggempur gunung, bagi busana biru, penghinaan tata krama luar biasa, melanggar ketentuan aturan moral semesta, selintas ingat pesan ibundanya, "Habisi! Pelanggar tata krama semesta! Tak boleh diberi ampun, siapa pun makhluk itu."

Kekuatan semesta tersedot menggedor sukma tubuh, ilmu maha sakti Halimun Membasuh Semesta, bahaya!

Wah! Bisa kiamat! Mengumandang dari langit, beku semua makhluk, terpanah statis, perseteruan di arena itu "Stop!"

"Raja Dewa, hampura gusti, hamba tak becus menjaga cucu." Setulus Begawan Elang, merubah rupa, menjadi peri cahaya, tak berapa lama, Begawan Ismaya, hadir pula, dua sosok cahaya dewa super sakti, kakak-adik itu sejajar berdampingan.

Peri cahaya, mencuci ingatan, kedua pendekar sakti itu, kembali seperti sedia kala, sebagaimana perintah kedua cahaya dewa. Karena sebagaimana pula babad kisah tertulis dalam serat kakawin Negara Tenteram Semesta, keduanya, busana biru, ataupun, Tiosang, belum waktu takdir untuk dipertemukan dalam suatu kesadaran bahwa keduanya saudara kembar sejak dalam kandungan ibunda mereka.

Keadaan kembali seperti sedia kala, sepasang elang, meneruskan pengejaran pada target dari suara batin perempuan membutuhkan pertolongan. Sepasang elang telah melihat target itu, menyerang dengan kecepatan terajaib. "Musuh lama! Hajar!"

Serangan cepat, sepasang elang melepaskan perempuan jelita dari kuasa makhluk raksasa, elang satu, membawa turun si jelita, di sembunyikan ke dalam salah satu pohon raksasa di hutan belantara, benua itu, elang dua, terdesak gawat, nyawanya dalam bahaya, serangan makhluk raksasa sakti, sungguh dahsyat luar biasa. Busana biru, dalam kecepatan terbang, menuju wilayah udara itu "Wiss!"

Gempuran mendadak membahana, sepasang pedang menyodok leher raksasa sekilas cepat, tak terlihat kasat mata, penyerangnya, terjadi perkelahian daya sakti takjub terlihat mata, dari sisi sebelah sini, sumpah deh indah banget, bagai kisah wayang purwa filmis, meskipun tetap ngeri, menyaksikan adu kesaktian di angkasa semacam itu, bak ledakan nuklir berkesinambungan.

Kalau saja, seumpama ya, manusia modern, takkan sanggup menyaksikan, mungkin karena berbeda vitamin tubuh, bahkan mungkin saja mati terpanggang oleh radiasi kesaktian dari perang tanding canggih itu. Ho! Ho! Dalang pengarang bisa sesuka hati merubah cerita fiksi, loh!

Hahaha, jangan dilupakan ya, dalang bisa berubah menjadi wayang. Ooo! Gong! Kalau gending membahana, pertanda dalang akan menjadi wayang, demikian pula sebaliknya, dengan pengarang. He! He! Dur! Plak! Gending-dang! Gong!

Busana biru, melihat perang tanding dua sosok sakti, langsung, menyerang cepat ke arah kepala makhluk raksasa, putus terpenggal, sekedipan mata, muncul kembali, kepala baru persis seperti semula "Jring!"

"Jlep!" Tiosang, membabat tubuh raksasa terbelah dua, sekedipan mata pula tubuh itu kembali menyatu dalam serangan balik luar biasa lebih mengerikan, secepat iblis mencipta kobaran-api, serupa kaisar Nero, membakar kota imperiumnya.

Tubuh raksasa, membelah sel diri menjadi sepuluh serupa, kedua pendekar serentak menapak langit membalik diri, Tiosang, menjadi bait suara melengking. Busana biru, pun demikian pula, tubuh raksasa pecah berkeping-keping, akan tetapi, menyatu kembali "Blass!" melenyap, mungkin kabur atau adaptif di raung angkasa itu.

***

Sidang Parlemen Imperium

Suara Parlemen:

"Keputusan ketua majelis, bahwa benih padi, termasuk bibit unggul tetumbuhan buah-buahan, sayur mayur. Segera dikirim pada koperasi unit-desa, keseluruh pelosok negeri, bahwa benih itu anugerah dari kebijaksanaan kaisar."

"Bahwa kaisar tak ingin melhat rakyatnya kekurangan pangan, sandang juga papan, bahwa kesehatan seluruh unit desa wajib diutamakan, melalui koperasi unit kesehatan desa, dari hasil lahan tanam produktif obat-obatan, imperium wajib memberikan secara cuma-cuma kepada seluruh desa, termasuk desa-desa terpencil, dalam pertimbangan desa tertinggal." Ketua majelis terlihat terengah-engah, menahan rasa haus, terlihat serupa menghadapi hantu di depannya, mungkin pula sedang ketakutan, entah pada apa, ada siapa.

"Bahwa..." Terputus suaranya batuk-batuk, lalu lanjut lagi. "Saya ulangi, maaf, bahwa imperium berkewajiban meningkatkan kesejahteraan desa-desa tersebut menjadi desa setara antar-kota."

"Bahwa barter ditetapkan sebagai bagian dari pembayaran pembelian, setara nilai koin per-perak, per-emas, per-tembaga, bahwa setiap rumah berkewajiban menerima lima koin uang emas," ketua majelis, akting batuk-batuk sejenak, suaranya agak meninggi lebih lantang, karena ada busana merah di kolong meja ketua majelis, dengan pedang terhunus mengancam selangkangan-ketua majelis, lanjut lagi.

"Koreksi, maksud saya menurut putusan ketua majelis, parlemen memberi putusan ketetapan, tepat-guna tanpa banding, bahwa setiap awal bulan, paling lambat minggu pertama, bulan berjalan, dari setiap keluarga wajib menerima, ehhh, lima koin emas, sekali lagi setiap bulan," suara batin busana merah membisikkan tambahan pesan.

Agak terbata-bata gemetaran "Bahwa keputusan ini diambil berdasarkan kehendak ikhlas kaisar imperium." Palu di ketok, putusan resmi, sah, secara hukum, menjadi tata krama, aturan hidup sehat seluruh desa terkait, wilayah imperium itu.

Para anggota parlemen basah keringat ketakutan, gemetar jantung luar dalam, ancaman busana merah, akan, membuat hujan ribuan anak panah berapi, jika permitaannya tak dipenuhi, oleh sebab, busana merah telah membisikkan hal tersebut pada semua telinga peserta sidang. Padahal ya, dasar suka usil sedari balita, si busana merah hanya sendirian loh. Asyik ya jadi pendekar sakti, sidang ditutup, dengan suara bulat, tanpa adu jotos adigang, adigung.

"Dengan ini majelis menutup sidang. Semua anggota diminta mendahului ketua majelis serta anggota majelis tinggi parlemen imperium, untuk keluar ruangan dengan tertib."

"Tumben, lagi kena sawan bingung kali ye." Kicau ceriwis para anggota peserta, wow oh wow, memenuhi ruang sidang parlemen imperium itu.

"Biasanya kami disuruh menundukkan kepala, dilarang sedikitpun melihat anggota majelis terhormat jika melewati kami," ruangan itu bagaikan sekawanan isu, liur-liur lebah mendengung.

Setelah sepi, busana merah molos, mulus, sakti sekali, membawa serta putusan majelis untuk dibagikan kesemua desa seantero kekuasaan imperium, setelah terlebih dahulu, busana merah, melakukan pertemuan rahasia dengan kaisar. Wus! Berurusan dengan kaisar pasti serba rahasia menurut dalang cerita ini "Gung!" Gong, penutup berbunyi nyaring.

Sebab apa, busana merah berani melakukan tindakan itu, karena dia calon pemegang takhta tertinggi, atas ijin kaisar, busana merah, melaksanakan tugas rahasia secara seksama di luar sangkaan, Sekar Mayang Merah Mawar, si belut, terbaca sepak terjangnya, secara lengkap oleh kaisar, tanpa setahu siapa pun, termasuk busana merah.

Berkat kerja piawai grup intelijen terdekat, melekat, teruji mental kesetiannya pada pemerintahan bersih sang kaisar-di dalam tubuh intelijen resmi imperium, sebab kaisar mulai mencium aroma serupa biskuit berdarah, tak nyaman, bahkan kaisar telah mendapat pencerahan, semacam wangsit, bahwa akan ada sesuatu bakal terjadi dari dalam pemerintahannya.

Itu sebabnya, busana merah, merasa aneh ketika menerima wasiat lewat kurir orang kepercayaan kaisar, tak seperti lazimnya, umum-terbuka, namun, karena itu perintah rahasia dari sang kaisar, sekaligus pamannya, ia wajib melaksanakan sebaik-baiknya, dalam gerakan sunyi-senyap, tanpa batuan pasukan atau siapa pun.

Tembang Rindu Busana Merah

"Aku mengabdi, pesan ibu tertulis di serat daun bambu kuning, adalah kewajiban tak tertolak, oleh mantra apapun. Karena tugas mengabdi pada negara adalah suci, dalam pengawasan para dewa."

"Sucilah sebuah negeri sucilah cintaku kepada Ibunda. Namun, belum juga aku temukan, ketiga saudara kembarku ibu."

"Kan hamba cari sampai mati, membawa semua suka cita untuk cinta bertemu ketiga saudara kembarku Ibu."

***

Keramaian di Luar Gerbang Kota

Entah mengapa, antah berantah, simpang siur berita ke udara, frekuensi memanas, bikin telinga terbakar, akan mampu memicu publik-adu jotos, tak jelas penyebabnya gemar sekali, Tioning, dalam perjalanan menuju perguruan, membawa rahasia hati, hidupnya.

Tak ada cara lain, keramaian tak jelas ini harus di bubarkan meredam konflik horizontal "Harus di cegah, oh, dua manusia argumentatif alang kepalang membuang ingus sembarangan, wajib aku hentikan," memperhatikan dua sosok berlawanan, membawa gerombolan publik, masing-masing saling menggugat, Tioning, menyerap adu mulut.

"Wah! Bakal rusuh!" Tioning, membuka ilmu sakti Menyebar Mega Serangan Badai "Biar bubar kalian, culik penyelinap, ini rupanya tertulis dalam pustaka terbaca olehku, rembesan noktah isu siluman. Suara di benak kepala, Tioning "Ni, bubar kalian!"

Badai menghujam sederas-derasnya hujan, petir, angin ribut, publik keramian itu kocar-kacir, simpang siur, saling bertabrakan, menyelamatkan diri masing-masing, serangan petir dari langit "Tambah lagi, sedingin salju, setajam sembilu menggigit tulang. Ayo! Cepat bubar hihihi," terpingkal-pingkal "Kalian semua rupanya ya, nanti sepulang urusanku dari perguruaan, aku basmi kalian, kutu-kutu. Bubar!"

***

"Kau kan anak paman tersayang, cuma nyuri dokumen di perpustakaan saja tak becus. Mau aku pecat jadi pacar, sekarang, mau?" Pemuda itu sesungguhnya lebih sakti dari Sekar Mayang Merah Mawar, akan tetapi entah kenapa, nyali menyusut kalau Sekar Mayang, meminta hal muskil semacam itu.

"Sabar dong. Ada banyak mata mengawasi aku, kau ingatkan aku cuma anak selir samping kiri dari kekuasaan kaisar, tetap berbeda dengan anak selir samping kanan kekuasaan, itu aturan moral tak mungkin aku langgar, kecuali, si pengawal itu, mau menerima sejumlah koin perak."

"Mau aku pecat, pacar? Atau kau cari akal menyusup ke perpustakaan mencuri dokumen penting itu, terserah," Sekar Mayang, sembari mengelus-ngelus ubun-ubun pemuda sakti, lemah lembut itu "Kenapa diam, takut? Kau lebih sakti dari aku, akalmu saja buntu, ganteng, kaya, anak kaisar, tapi otakmu buntu, cium sini, cium ini, cium sini, kalau masih begog, aku ganti pacar. Hm, cium lagi, dah keluar lewat pintu samping, aku mau mandi," si pemuda ngeloyor, sebelum keluar ia senyum sedikit pada Sekar Mayang "Mau dicium lagi?" Sekar, menghampiri "Muah!"

Si pemuda lemah lembut namun sakti itu, pusing tujuh dunia, menghadapi pacar semanja, Sekar Mayang Merah Mawar, super ambisius, gila kekuasaan "Sial, kenapa aku tak bisa lepas dari genggamannya, hubungan sial ini tak boleh berlanjut. Bagaimana caranya, dia selalu mengawasi, sampai-sampai aku mules pun, dia tahu, dengan cara apapun, ya, agar aku lepas dari genggamannya, hihh!"

***

Dini Hari Sudut Lain Perpustakaan

Sosok bergegas, di lorong koridor ke arah Utara, perpustakaan, agak membelok di celah tersembunyi antara sekat gerbang taman-bunga dengan keputren, ia menemui seseorang bertopeng-berzirah, serupa tentara bayaran, berkostum memang sengaja tak jelas. Kaum penyusup ini, terpenting bagi mereka, perut kenyang kaya raya, mungkin pula mereka juga kaki tangan para bangsawan, musuh dalam selimut kekuasaan kaisar, atau apapun lah, karena akhir-akhir ini, kekuasaan kaisar sedang di guncang berbagai isu sembelit, mencoba melilit, mengorek-ngorek kelemahan pemerintahan.

Terjadi obrolan singkat, sosok bertopeng-berzirah bertemu dengan sosok dari dalam istana-menyerahkan sekantong hitam sesuatu, terlihat ada dialog singkat, lantas keduanya menuju arah masing-masing.

***

Dini Hari Sudut Lain Perpustakaan Sisi Utara

Penyusup itu berkostum gelap, membungkus identitasnya, beberapa pengawal pingsan untuk waktu cukup lama, di totok jalan darah, sosok itu mengendap-ngendap, tampaknya menuju arah perpustakaan, kedua penyusup saling berhadapan, mengagetkan keduanya, terjadi perkelahian sunyi, tanpa suara.

Kesunyian itu justru membuat kaisar bercuriga, menghentikan meditasi laku ranah dalam, kaisar keluar ruangan, inderanya mendengar suara sedekat telinganya "Ada hal tak beres, arah perpustakaan, siapa begundal berani menembus istana," kaisar melihat beberapa pengawal tak jauh dari gapura tempatnya berdiri, pingsan.

Melihat situasi rawan itu, kaisar bergerak cepat menyadarkan beberapa pengawal dari pingsannya, busana merah muncul, di belakang kaisar "Ssst! Paman terus, bergerak kearah Timur perpustakaan, aku dari arah-Barat," keduanya berpencar kearah masing-masing.

Fiksi Sains: Alegori Silat (Part 5)

Info catatan pengarang: *Mohon maaf pembaca yang hamba hormati sepenuh cinta nurani, setelah kembali membaca perkembangan imajinasi, dari judul awal: Alegori Cerita Silat > berubah menjadi > Fiksi Sains: Alegori Silat, dan seterusnya bersambungan "Terima kasih. Salam hormat."*

***

Fiksi Sains Episode (5)
Lintasan Lintang Kemukus Berbolak-balik

Sebuah Tempat Ketika Waktu

Merenda Zaman: Nyanyian Tioning

"Untuk apakah menyimpan pedang, kalau tak mampu menyelesaikan hati kebijaksanaan, untuk apalah menyimpan cinta kalau hanya untuk suluk buah perindu. Kekasih pergi biarkan saja, dia cuma sepotong dari keingin pelengkap syair, tak perlu bermuram durja, lepaskan merpati, bunga mekar seketika, persaudaraan menentukan pencerahan kearifan."

"Sedia payung sebulum, hujan, penyebab badai amuk menggulung mega, tak ada kesempurnaan kalau dicari, biarkan

hati terbuka mudah melihat muslihat, kata di mulut, berikan cermin keadaban, mengalir mata air, penyembuh kecurigaan."

"Jangan bertanya pada diri sendiri, bertanyalah pada guru alam, ialah segala hal ihwal penentu sistem iklim, sang nasib seperti berkelit, lari lintang pungkang, kalau diri tak memahami, kau, lahir dari rahim seorang ibu."

***

Tioning, merenung di puncak pohon, hutan gigantik, kembali mengurai-merinci satu persatu, penjelasan, maha guru Pertapa Daun Salju, orang tua asuh, sekaligus guru kedewasaan, menempa ruh di badan hingga dia menjadi kini.

Terdesak kejujuran, selaku maha guru, dia telah melanggar janji itu "Biarkan anak-anak dewasa, tumbuh alami. Mampu menemukan cermin dirinya, jangan memanggil takdir sebelum waktunya tiba, seketika, kelak, keempatnya bertemu dalam sebuah kisah kehidupan", hatinya luluh melihat kedatangan kembali, Tioning, di perguruan, keduanya saling membuka hati, membaca semesta nurani, alam menghendaki kejujuran, merupakan keteduhan-makrifat kesatria sejati.

Dunia, terbuka lebar, terang benerang berjuta matahari beribu rembulan simpang siur di benak kepala Tioning, setelah secara bijaksana, penuh kehati-hatian, maha guru Pertapa Daun Salju, menjelaskan kisah perjalanan keluarga, Tioning, hingga ia di lahirkan, di asuh dalam jiwa ranah batin olah sakti oleh sang guru.

Tak ada kata lain, dia, wajib bersegera membasuh hati, tak meneruskan perasaan unik itu, senantiasa usil sepenuh kasih sayang, sejak awal bertemu, busana merah, ada semilir angin risau gemercik gerimis di daun-daun, semacam kewajiban untuk tak lagi jauh-jauh, tak ingin apapun terjadi, dia, seperti sedekat sejak lama.

"Ya jagat buana batara, aku, tak lagi boleh terlalu jauh, dia wajib aku lindungi-segenap jiwa raga ini, meski kadang nyebelin, keras hati, ceriwis komplet, tapi dia cerdas, cerdik, bernas, tidak manja, hatinya seterang, penerang embun senja, berkilau-kilau sekalipun temaram, semoga dia baik-baik saja, aku, menengoknya sekarang, melaksanakan kewajiban dari ibu." Dia, melesat secepat suara semesta "Wus!"

***

Suluk Perjalanan, Tioning

"Makhluk hidup, percaya atau tidak, terserah deh, wajib saling membuka hati, tak boleh ada kebohongan, tak boleh ada kepura-puraan, menyelinap di antara sela waktu, persoalan, bukan hanya kebenaran atau hal lain, akan tetapi, sinaran kecintaan, teguh berhadapan."

"Ranying Hattala Langit, telah memuliakan hakikat hidup, lepaskan sejenak genggaman, keniscayaan akan mencapai keindahan dialogis mustakim, tak akan menimbun keraguan, pertanyaan-pertanyaan, tak akan pula berlarian kian kemari, keyakinan satu cinta menguatkan kewaspadaan, takkan hilang, kendali kebijaksanaan."

"Bayang-bayang siluman jahat akan lari lintang pukang, tak sanggup, sekalipun menyeling menyelinap dalam akurasi lipatan strategis, akan surut menyirna, sekalipun hanya mendengar suara langkah-langkah kesatria sejati, cukup membuka hati, kerumunan pembisik kasak-kusuk, akan mencair menguap menjelaga di gulita kerak terpekat keterpurukan, kesadaran, membuka setetes embun menyejukkan, tak perlu menghunus pedang."

Para dewa di kahyangan tak mau tinggal diam, turut merayakan hari indah pencerahan ning sukma, Tioning, kesatria elok hati, titisan Dewi Kebijaksanaan, turunan ibunda sang Bunga Putih, pendekar utama telah moksa, namun jangan ada kegaduhan di jagat buana, ia memiliki keturunan kembar empat pendekar supersakti.

Pada waktunya kelak, di peradaban baru berikut, jauh terdepan akan datang juru selamat, mencipta para satria. Begitu konon ceritanya, sabar ya? Masih panjang loh kisah 'fiksi sains silat ini', he he he, pengarangnya menyeropot kopi dulu dong.

Nyanyian Utusan Para Dewa

"Wahai para satria! Jagalah planetmu, untuk anak cucuku, kami tak meminta imbalan, mencipta kewajiban berjalan waktu, cermat, fokus, mengamati iring-iringan siklus iklim mode, seketika syair mengucap janji keutamaan-menjaga negeri keseimbangan kebijaksanaan."

"Jangan asal loh ya, jangan janji tinggal janji. Para Dewa, selalu mengawasi. Utamakan keselamatan, sip deh! Fasten your seatbelt. Good Luck! Ho ho-ho ho!"

Nyanyian itu berselingan dengan suluk perjalanan, Tioning, inti-Semesta, merubah iklim jagat buana, hanya ada kegembiraan rasa syukur, pertemuan para lintang kemukus-hilang, akan segera terlihat saling berpaut menampakkan awal mula ledakan-pencerahan, syair-syair para pujangga dinyanyikan makhluk burung-burung, senada hutan lestari, lautan bernyanyi, gelombang bersahutan, awan-awan girang berubah rupa menjadi gambar-gambar sinematik.

Tioning, melihat kaleidoskop kelahirannya, ia nomor tiga menyembul dari rahim ibundanya, menyusul tangis nyaring melengking si bungsu ceriwis komplet, di sambut auman harimau sejagat, itu adalah Resi Macanpala, penjaga para planet, gending cinta membahana membuat girang semesta "Jring!"

Tioning penasaran "Mohon maafkanlah kalau hamba lancang kurang adab, hanya mau bertanya", demikian benak batinnya.

Suara Bunga Putih, seraya selintas sirna "Belum waktunya kau ketahui wajah kedua kakakmu, anandaku."

"Ibu?" Tak sempat ia bertanya lebih banyak.

***

Angkasa Merah Menyala-Menyalak

Melintas dua titik menyala, serupa buntut titik api roket zaman modern, mereka seperti sedang mencari-cari tujuan, lantas, mendadak menukik seperti akan mendarat. "Glar!" Berkerlapan cahaya silau menyilau membias, membuncah benderang bagai siang, segera meredup, seperti tenang, sekitar area itu baik-baik saja tampak seperti sedia kala "Blasz!"

"Wow!" Ternyata dua sosok itu entah makhluk apa, tubuhnya seperti terbuat dari logam berjalan bergedebam, berderap bagai ratusan kuda pacuan, dari tubuhnya masih mengeluarkan asap panas, entah apa penyebabnya, barangkali karena mereka baru saja melewati lapisan atmosfer, ini mungkin loh, dugaan sementara.

Keduanya berkomunikasi dalam bahasa asing, sulit dipahami, keduanya terbang lagi tanpa suara, hanya titik api di bagian buritan benda itu semakin memanjang, memelesat hilang, "Blasz!" selintas busana merah melihat keanehan itu, tapi dia masih dalam posisi fokus mengejar penyusup perpustakaan imperium.

Kaisar pun selintas melihat sosok aneh itu, memelesat super cepat, dia, berniat menghentikan pengejaran pada sosok penyusup perpustakaan, akan tetapi, sekilas cepat, tetap, memutuskan mengejar sosok penyusup itu.

Busana merah, kehabisan kesabaran "Oh! Mau main-main ya. Oke", busana merah menggaibkan pedang sakti dari tubuh melalui kedua tangannya, "Cuszz!" Pedang melesat mengejar penyusup, apa boleh buat pedang sakti titisan guru wajib digunakan, keadaan mendesak demi melindungi negeri imperium, terlebih pula sehubungan demi keselamatan rahasia negara, juga kaisar, meski ia belum tahu pasti apa gerangan telah dicuri penyusup itu dari perpustakaan negerinya.

Itulah letak perbedaan, dua pedang merah menyilang di punggung, busana merah, merupakan pedang pamungkas kedua, untuk mengatasi situasi rawan ringan, itupun ia tak akan menggunakan, pedang, jika para bandit tak melakukan kekerasan pada sesama, seperti terjadi pada peristiwa penyelamatan keluarga petani lahan berpindah, kini telah bermukim di Desa Daun Delima.

Busana merah, telah menjadi bagian penting keluarga itu, sebaliknya seluruh keluarga para petani lahan berpindah termasuk Desa Daun Delima, dilindungi legal pemerintahan pamannya atas permintaan, busana merah, sekaligus secara pribadi, busana merah, melindungi desa tersebut beserta segala isinya, hingga desa-desa tertinggal di perbatasan wilayah. Busana merah, secara pribadi, atas seijin kaisar senantiasa mengirim bantuan, jika birokrasi lelet seperti ulat daun, mutar-muter aturan, ia memang tak sabaran.

Pedang sakti busana merah, membelit tubuh penyusup, di hempaskan di puncak pohon, tepat di muka moncong ular pohon berukuran tak lazim tengah santai menikmati gemintang malam menuju dini hari, tanpa basa basi ular pohon itu merasa ada rezeki nomplok "Hupp!" penyusup itu meluncur lancar kedalam perut ular.

Pedang sakti kembali menyatu dengan tubuh, busana merah, serentak pula dengan keindahan pendaratannya, tepat di kepala ular besar itu, dengan serta merta pula, busana merah, menjitak kepala ular "Lancang, main telan saja hak bukan milikmu dasar ular rakus, tanya dulu dong, itu bandit atau maling, baru kau telan. Keluarkan cepat, keburu mati tuh begundal, aku perlu keterangannya."

Keder digertak, busana merah "Nyus!" Ular besar menggelontorkan sosok dari dalam rongga perutnya, masih kejat kejut, setengah mati lemas, sebelum mati meregang nyawa, busana merah, mencubit kuping bandit itu, secara otomatis si bandit, ngoceh bagai mengigau "Aduh, sakit, ampun, hamba disuruh makhluk sakti dari kolong langit", sosok terduga teror penyusup malam, mati lemas.

Sebelum mati bandit penyusup itu membisikan sesuatu, jeglek! "Siapa tokoh celurut itu ya, siluman? Oh, dasar kurang adat, siluman seperti musim buah-buahan, silih berganti, enggak habis-habis, kenapa celurut macam begini disuruh menyusup? Ngirit budget ya, maling pengeretan, masih tega ya, korupsi, mengorbankan nyawa sesama celurut", otak usil, busana merah, otomatis beterbangan.

Darah, busana merah, sedikit mendidih, terperanjat, pikiran naik turun di benak kepalanya "Siapa gerangan dikau uhui ya, tokoh celurut icu (itu) hihihi, oh ya, kalau perempuan aku suruh bikin sambal cabe rawit wajib di makan sampai habis, kalau lelaki, aku suruh minum air laut sampai kenyang. Oh ya, berani coba-coba ya, mengganggu ketenteraman istana paman, hebat sekali orang suruhan si bandit tokoh celurut itu, di cubit langsung ngoceh, hihihi, pasti ada hal tak beres pada tubuh celurut suruhan ini", busana merah, memperhatikan secara seksama, menyisir teliti, menyelisik dengan mata hati ke jasad di depannya, secara seksama.

"Uwow! Aku, akan cari tahu, kenapa si celurut suruhan ini seperti mengigau. Ular, telan lagi makhluk celurut ini, setelahnya, segera pergi dari depan mataku, sebelum aku berubah pikiran", dengan senang hati ular itu kembali menelan mangsa gratis dari busana merah.

Suara ular siluman ngeledek sambil lalu bertanya "Ini gratifikasi atau bukan ya kanjeng putri?"

"Tuk! Tak! Tok! Tok!" Busana merah menjitak kepala ular berulang kali "Sambal asem!"

Bisik si ular di telinga busana merah, sembari cepat ngeloyor sebelum kena jitak lagi "Hihihi terima kasih kanjeng putri hihihi makanan lezatnya."

"Huss! Aku bukan putri tau! Huh, dari manusia sampai siluman ular pohon memanggil aku kanjeng putri", mecibir bibir ceriwisnya buat diri sendiri, "Aku bukan feodal seperti si pandir tokoh celurut, siluman hama, akan aku lacak keberadaanmu, bikin intrik lantas cuci muka, dasar celurut!"

"Sebel! Hih! Masih ada ya, tengkulak isu, melempar muka sembunyi hati, seperti makhluk undur-undur, sembunyi mundur. Dasar oportunis berlidah palsu, biar aku pecah kepala kalian kelak, aku bongkar siapa biang kerok suruhan itu", busana merah, merasakan firasat bergetar di frekuensi benaknya, ia merubah haluan terbangnya, urung niat akan melacak siluman tokoh celurut.

"Sebaiknya aku bergegas menyusul paman, aku khawatir, kaisar wajib aku lindungi, matiku demi negeriku, gempur!" segera, busana merah, memelesat secepat suara.

Seperti telah di ceritakan secara singkat pada kisah musim episode lalu, busana merah, bungsu dari kembar keempat anak dari Bunga Putih, titisan Dewi Kebijaksanaan.

Busana merah cerdik, cerdas, bernas, banyak akal, tapi dia sangat usil serba ingin tahu, meski di usia si kembar hanya terpaut detik, kadang-kadang ia tak peduli akan keselamatan dirinya, jika itu demi melindungi negerinya. Tak terukur kesetiaannya, menyoal keselamatan kaisar, sekaligus paman sangat dia hormati, pengganti ayah, tak pernah ia tahu kisah, nasib ayahnya kini.

***

Angkasa Menjelang Fajar Sidik

Mendadak sepasang elang kembali berbalik arah "Cucu, aku lupa putri itu masih di dalam gua pohon di hutan gigantik", suara elang satu "Maafkan kami, kelupaan, keasyikan ngobrol kita, ayoo, balik lagi", suara elang dua, keduanya mendahului busana biru, membuntuti dengan jarak tak seberapa jauh.

Ketika sepasang elang akan menukik pendaratan, semacam benda aneh berkilau logam gigantik berpapasan dengan keduanya, dari jarak tak terlalu jauh, busana biru melihat benda angkasa aneh itu, melesat ke puncak langit, blazz, radar di nuraninya menyuarakan untuk mengejar benda itu, namun benda itu sirna bagai ditelan langit.

Sepasang elang kembali menghampiri, busana biru, sepasang elang mendarat dengan indah di belantara hutan gigantik, terasa ada sesal dari kedua sosok elang itu "Maafkanlah hamba cucuku, terlambat", ketiganya melihat gua, semacam legok di antara dua pohon merapat, telah kosong, secara ajaib pula hadir sepasang burung parapati pos bersinar putih.

Setelah menghormat dengan santun "Kanjeng putri takhta titisan Cogan Alam Purnama, juga junjungan hamba Begawan Elang Khatulistiwa, hampura, hamba tak punya kekuatan mencegah, makhluk asing, merebut perempuaan cantik dari pengawasan hamba", sepasang parapati raut mukanya terlihat menyesal.

"Aku terima hormatmu andika parapati, sampaikan sembahku pada Raja Dewa, kami akan mengejar makhluk asing itu", setelah memberi penjelasan luas terinci, sepasang parapati terbang membawa pesan ke kahyangan, mungkin, semoga tak ada aral melintang.

***

Sisi Lain Planet Tetangga Jagat Buana

Tembang Arak-Arakan

"Makhluk hidup memang aneh-aneh, beragam rupa keinginan, sulit membedakan antara makhluk siluman dengan makhluk kasat mata, singa mengaum, jika terganggu bau pandan di bawa angin, burung-burung beterbangan gembira di bawah mega di sorot matahari terik, serangga malam bersahutan

pertanda masing-masing makhluk mengemban kehidupan menjaga lestari kasih sayang sesuai takaran."

"Lantas siapa pemilik amarah, hanya setan, siapa pemilik amuk, hanya setan, siapa perusak ekosistem, hanya setan, siapa menjaga bimasakti, kasih sayang, siapa menjaga frekuensi, kasih sayang, siapa menjaga gravitasi, kasih sayang, siapa pemilik cinta palsu, hanya setan, siapa pemilik cinta asli, kasih sayang."

"Supaya enggak jadi setan, jadilah kasih sayang, supaya enggak jadi setan, jadilah cinta seluas jagat buana, supaya enggak jadi setan, jangan jadi pencuri, supaya enggak jadi setan, jangan mengelabui aturan semesta. Sang Agung Gusti Pangeran, senantiasa memberi sinar welas asih."

"Ooo! Gong!" Dalang wayang semesta tengah mempersiapkan adegan tak terduga, dalang menguji wayang, sebaliknya wayang belajar menguji dalang "Ooo! Gong!" Bumi gonjang ganjing, babad wanamarta belum terlihat, sebab iblis menggangu rencana kebaikan, abdi semesta, hitam wajib dirubah menjadi putih agar terang benderang "Gong!"

Siapa berani mengganggu kaisar, dalang akan marah, pengarang akan membuat wayang rudal semesta, menggempur nurani hitam para siluman "Hajar!" Gunungan mengangkasa siap mengusir bala "Jeglek".

***

Sisi lain Planet Siluman

Tembang Arak-arakan Kaum Siluman

(Kor pasukan perang)

"Hu Ha-ha! Hu-ha! Zag gizak gizuk zak-zak. Makan! Makan! Belum kenyang! Lapar! Lapar! Masih lapar! Ham nyam-nyam huu-haa! Ham nyam-nyam huu-haa! Api! Api! Kami api! Kamu apa? Haa-haaa!"

"Kami pasukan siluman rep-rap-rap, serbu! Makan, makan, sampai kenyang!"

Pasukan perang, kaum siluman bertambah banyak tak terhingga, membentuk konfigurasi acak, berkerumunan, berkelompok-kelompok saling mendengus-dengus membaui sesama mereka, saling membaur, bau tak sedap menggugah angkasa, beragam bentuk beragam rupa, beragam bau tak sedap, suara kor monoton semakin seru tak karuan.

Barisan semakin panjang, pasukan kaum siluman terus berdatangan, dari berbagai waktu, dari berbagai tempat, dari berbagai arah, diiringi tambur iblis menggelegar, sepertinya kaum siluman akan perang sungguhan, bala tentara siluman semakin banyak bentuk fisik mereka, aneh-aneh.

Nyanyian kacau berbagai langgam sesuka kelakuan meraka terus meggema, bersahut sahutan, ke sana ke mari, berlompatan suara-suara kacau pales hancur lebur, dari mulut-mulut kaum siluman, dalam irama kacau balau mereka terus menerus bersahutan-sahutan, bagai gagah perkasa, terus menerus sembari berbaris dalam konfigurasi acak.

"Huu! Lala-lala! Sahu-huhu-haahh, sikat! Sikut! Jumpalitan makan! Makan!"

"Raa! Rakuss! Kami rakus! Cus-cas cis cus"

"Raa! Raa! Rakutu! Raa! Rakus! Raa! Kami rakus!"

"Raa! Rakutu! Raa, makan! Makan! Rakus! Rakus, kami rakus! Raa! Rakutu-kutu! Raa! Makan! Makan! Rakus! Rakus! Kami Rakus!"

***

Sisi lain Planet Kaum Gigantik

Tembang Arak-arakan Kaum Raksasa

(Kor pasukan perang siluman bergabung di belakang barisan kaum raksasa)

"Rebut! Rebut! Menang! Rebut! Rebut! Hoi! Hoi! Ho-ho hoi!"

"Wak-wak gung! Dar der dor! Cur! Akh! Cur! Kami datang mau menghajar makhluk paling sempurna bernama manusia ha-ha duh haha. O! O! Oh Ya! Sebab kalian kurang ajar berani melawan kaum raksasa, penguasa setan, penguasa iblis, penguasa api dueh! Huhu heh! Hui! Hai! Hai! Cek cek cak-elahh ha! Ha-ha! Hu! Hua hi-hu! Ham Hum Ham Oalaa! Ala gambreng!"

"Makan! Kamu akan kami makan. Mati! Kamu mati, inilah, raksasa kaum pemjajah planet kalian, kami akan datang. Yoo! Ahoi! Ahoi! Sur! Ham him-hum! Ham oalaa! Ala Gambreng!"

Entah apa bakal terjadi, apa iya mereka akan menjajah planet makhluk manusia, akh masa sih, wah gawat dong, meskipun hanya dalam sebuah kisah khayal-cerita fiksi sains silat kontemporer ini, di gambarkan kelak menurut ramalan para dalang kisah-kisah telah ngobrol dengan pengarang cerita ini dalam dunia imajiner.

Waduh! Bakalan seru banget mungkin ya, semoga kebaikan terpancar untuk semua makhluk hidup di bumi di mana pun berada, semoga pula cerita silat kontemporer ini, lancar bergulir, mohon doanya, salaman.

***

Punggung Kaki Langit Mentari Meretas Fajar Sidik

Tioning, sedang melesat melaju menuju kata hatinya, sekelebat melewati sebuah pertempuran sengit, ia melentingkan tubuh lebih meninggi mata menajam fokus. "Siapa mereka, adu olah saktinya lumayan keren, kedua sosok itu, nyaris setara, akan tetapi agak tak berimbang."

"Siapa berzirah gemerlapan itu, dia mengalah dari serangan sosok bertopeng berkostum serupa ninja terus menekan lawannya. Apa maksud dari sosok berzirah, sampai hati mengalah seperti itu, membahayakan diri sendiri, si ninja agresif menyerang selalu tepat di titik-titik jalan darah kelemahan dari tubuh, serangan mematikan, di titik-titik itu berbahaya, aku, harus memisahkan kedua orang itu, tidak boleh tinggal diam", belum selesai tanda koma di kalimatnya.

Berkelebat cahaya merah masuk gelanggang pertarungam itu, dahsyat, serangan mendadak menggempur tak henti-henti si sosok ninja, kali ini terlihat keteteran, terdesak tuntas "Glar!"

Asap hitam menggulung, si ninja menghilang dalam gulungan kabut asap hitam pekat, si merah mengejar lawan, terasa sekali si merah bakal membunuh ninja itu, Tioning, menahan diri, namun waspada memberi pertolongan, pada si ceriwis-sempat menawan hatinya, namun, kini, Tioning, merasa berkewajiban melindungi si bungsu itu.

"Kalau sekarang aku turun gelanggang melerai mereka, si ceriwis bakal ngomel seabad, hihihi biar dulu deh, semoga, dia mulai belajar sabar", lagi, belum selesai tanda koma di kalimatnya, sepasang pedang keluar dari lengan busana merah, namun terlihat busana merah mengurungkan niatnya.

"Capung jelek, ganggu fokus, aku, bisa mendengar suaramu", sembari terus mendesakkan serangan mematikan pada si ninja.

Tioning, lupa, bahwa dia kembar identik dengan busana merah, bisa saling silang mendengar suara, jika tepat di jalur frekuensi masing-masing, busana merah, sebaliknya, tak tahu siapa, Tioning "Karena aku lebih sakti darimu. Capung jelek, diam! Setelah ini aku hajar kamu!" Busana merah, memuntahkan kekesalannya pada si ninja, serangannya semakin menajam "Sreet! Blasz!"

Terlepas tutup kepala si ninja "Glar!" Asap hitam bau racun mematikan kali ini membuat busana merah, menunda serangannya, dia melintingkan tubuh menjulang langit, berniat melepas sepasang pedang dari lengannya, sekilas ia mengenali sosok itu, sebelum menyirna "Pengecut!" gema suaranya, amarah itu.

Kaisar, serentak, Tioning, keduanya menangkap tubuh busana merah, terhuyung di angkasa, mungkin terkena racun berbahaya dari asap-hitam, si ninja, keduanya membawa busana merah, kearah imperium, Tioning, tak sampai hati melihat busana merah pingsan, dengan raut muka menguning, bersama kaisar membopong busana merah, hingga keruang perawatan rumah sakit pribadi kaisar.

Tioning, terus menundukkan wajahnya, menahan gejolak hati, juga, tak ingin kaisar terlalu menanda kehadirannya, segera setelah busana merah dibaringkan, beberapa ahli kesehatan, pengobatan, telah hadir, Tioning, undur diri, pamit, dalam sikap hormat tetap menunduk, bahwa ia hanyalah seorang petani, ketika kaisar bertanya padanya.

"Duar!" Jantungnya seolah olah akan meledak, ketika melihat tanda-tanda di raut wajah, busana merah, menguning, Tioning menduga, busana merah, terkena racun lebah merah dari jazirah seberang lautan, racun pembunuh-mematikan.

Tak ada kata lain, ia harus menemui Pertapa Bukit Embun, ia harus berpacu dengan waktu, ia nangkring sejenak di pohon jati, menulis syair pengobatan sementara, memperpanjang waktu bertahan, busana merah "Tenang adik, capung jelak akan segera kembali", sembari meninggalkan catatan, di meja kecil dekat pembaringan di antara mangkuk obat-obatan.

Fiksi Sains (Part 6)

Fiksi Sains (Part 6) Silat Episode: Interlud Langit

Sudut Lain Karang Tumaritis (Para panakawan tengah bercengkerama)

Gareng: Ra-kisu-ra-kisi. Wait! Waiting for Godot! Ciluuk-baa! Akhirnya nongol juga, lelaki bukan Romeo, perempuan bukan Juliet, huu! Haa! Hoo! Hii! Hee! Zaman mencuri waktu, eeha-laa, kontemporer!

Togog: Ra-ka-ta! Ra-ki-ti! Huu-yaa! Loh! Jadi kamu yaa! Wuiih! Wuaah! Ciluuk-baa! Kalau berlebih amal ajalali! Dilarang cuur, jeee! Bisa kualaat, kawuulaa ing jagad! Check! Check! Siir! Suur! Wer! Wer!

Petruk: Mulane kui manungso dilarang abakadabra, bimsalabim, mbulet soyo ra-ono Gusti Pangeran. Loh! Pripun, sampean niku diparingi penghidupan apik, lohh! Masih belum cukup tohh! Walah surr-surr!

Togog: Establishment! Madep-mantep, dilarang jor-joran, salip-menyalip, sehingga melanggar rambu-rambu sol-la-si-do, do-re-mi, tidak boleh, gawat itu! Akibatnya jadi gelap mata, ya toh. Oalaa! Hidungmu makin panjang ya, mau jadi Pinokio?

Petruk: Hus! Ini hidung asli, bukan hidung dari kayu, jelas? Terang mata! Lah wong melotot! Eeeuro! Dol-dol si dol! Jer! Jer! Wakijeer do miber jer! Piye ra ber.naf.su, lupa bumi, lupa langit, lupa lautan, manggut-manggut, tergoda, ter-go! Wah!

Semar: Stop! Jangan bikin gaduh jagat buana, mbok yaoo kalian nya-wah, kirim benih untuk petani, hayo ndang, dari pada ngoceh-ngoceh, bikin polusi. Jagalah kebersihan...

Gareng, Petruk, Togog: Hati nu.ra.ni!

Semar: Dilarang...

Gareng: Titik-titik, kakap!

Petruk: Koma-koma, gajah!

Togog: Titik koma, dinosaurus! (Semar, memimpin menuju pesawahan, membawa benih-kasih sayang).

Nyanyian Para Panakawan

Ayoo! Ayo! Olahraga sehat jiwa. Ayoo! Ayo! Menanam benih. Untuk negeri kasih sayang. Untuk negeri nyiur hijau. Negeri pantun para pujangga. Negeri prosa para penyair. Negeri lautan seluas syair. Negeri hutan berjuta pohon. Lestari budi pekerti santun bermakna. Lestari citra mencipta suri tauladan

Janji yaa...

***

Gaduh Planet Raksasa Menyala Amuk

Syahdan, terlihat Kera Sakti, tengah bertempur seru mencipta angin lesus sekeliling adu olah sakti itu "Hihihi Hahaha. Raksasa bekicot ya kamu! Beraninya culik menculik, widiih, malu dong! Menculik perempuan tak bersalah, apa-an sih maumu, bekicot! Baru terkena tamparan sedikit sudah terbiyung-biyung hihihi, mana kepalamu lainnya, katanya raja raksasa berkepala banyak, atau sudah pada bonyok ya" Kera Sakti, ngakak terjungkal bolak-balik terpingkal-pingkal, berlompatan kian-kemari sembari terus menampar kepala raksasa, mendadak jadi dungu, seperti kehilangan kesaktian bertarung.

Api berkobar membahana kerajaan raksasa terkepung api gencar merambah bangunan istana itu menjelang ludes, berkat ilmu sakti, Cipta Ning Jagad Dewa Batara, hanya Hanoman, pemilik ajian mengerikan itu, suara raksasa, terampun-ampun "Kamu siapa monyet jelek. Sakti sekali sih."

"Oh! Dasar raksasa dogol kuadrat, berani menculik perempuan, tapi bego begini hahaha, katanya kamu maha raksasa sakti supertekno, hihihi, mau tahu siapa aku?" Duar! Jegger! Bleger! Kera Sakti, menghantam tuntas raksasa itu hingga hancur lebur, namun, secara ajaib wadaknya kembali utuh seketika, meski si raksasa tetap kehilangan kesaktian adu jotos "Eh! Alaaa! Badanmu utuh lagi!" Kera Sakti, akan menghajar lagi dengan pukulan, api matahari.

"Stop! Eyang Hanoman, hamba mohon hampura." Suara busana biru, muncul, berdiri tegap di samping Tiosang, tengah membopong putri cantik masih belum siuman dari pingsannya, di antara ribuan pasukan Hanoman, prajurit kera-kera sakti, bertugas menghancurkan kerajaan raksasa Alegadut "Hamba mohon Eyang Begawan Hanoman, penjarakan saja biang kegaduhan itu di dalam kawah Krakatau, itu pesan Begawan Ismaya, jika berhasil menaklukkan raja raksasa itu."

"Ealaa. Cucuku berhati dewa dermawan." Hanoman, menoleh pada si raksasa itu dengan mata menyorot tajam "Kau dengar raksasa bekicot, aku ampuni dirimu atas permintaan cucuku, beraninya menculik perempuan tidak bersalah, mana mau permaisuri secantik itu jadi isterimu.

Ngaca dulu kale!" Bersamaan dengan itu, Begawan Hanoman, menembakkan cahaya tajam berwarna merah serupa laser dari matanya, mengikat tubuh raksasa, segera pula tak berdaya, mengiba-iba "Ampunkan hamba, tuanku Begawan Hanoman."

Eyang Garuda Emas, telah hadir segera menerbangkan raksasa itu, akan dilempar masuk ke-kawah gunung gigantik Krakatau Purba, dengan sigap, Eyang Garuda Emas, mohon pamit, Hanoman, mengawal cucu-cucunya hingga jauh meninggalkan planet raksasa, telah membumihanguskan planet itu, dengan kekuatan sakti, Cipta Ning Jagad Dewa Batara.

Raja raksasa, melompat dari ranjang tidurnya "Walah! Hanya mimpi! Biyung! Biyung! Ciloko!" Segera dia bergegas keruangan-takhta istana, telah hadir, menunggu perintah sang raja raksasa, Dosadotom, baru saja terbangun dari mimpi. Telah menunggu di ruangan takhta itu, para panglima pasukan, siap tempur, akan segera menyusul sebagian balatentara telah berangkat, sebagai pemantik tipu muslihat pengepungan, mereka menggunakan strategi licik, tak tampak dari depan, tak tampak dari belakang, balatentara raksasa pendahuluan, semakin mendekati planet bumi.

Raja Dosadotom, terlihat gelisah, gundah di hati, celaka pikiran terbolak-balik jungkir balik, tak habis mengerti, mengapa mimpi gila itu datang sewenang-wenang, seolah-olah, sungguh terjadi, dia dikalahkan oleh seekor monyet sialan, jelek! Bau! "Hahaha" Meledak tawanya sembari memasuki ruangan singgasana istana, lantas duduk bergedebuk, melempar pantatnya, lalu berdiri, terbahak-bahak, duduk lagi, berdiri lagi dengan kaki kiri menginjak kursi takhta, mengejutkan hadirin para bawahannya, menteri beserta para panglima kerajaan, termasuk kerajaan taklukkan, kerajaan basa-basi-sedia takluk terpenting meraup untung, serakah plus raksasa supergendut tapi pengecut.

"Ciloko! Biyung! Biyung! Begundal kusut! Monyet jelek! Siapa kamu! Sialan!" Berteriak memekakkan telinga, mendadak raja raksasa berdiri, naik di atas kursi takhta, menghardik hadirin, mengejutkan semua tetamu telah hadir tergeser dari duduk mereka "Siapa kamu!" Tangan si raja raksasa, Dosadotom, mengibas ke-udara, meruntuhkan lampu-lampu istana berhias permata, para menteri, para panglima sakti segera berkelit cepat, ruangan itu kacau porak-poranda, Dosadotom, berteriak luar biasa, seluruh istana terguncang-guncang "Siapa! Berani masuk istanaku! Siapa!"

Raja raksasa, tegap berdiri di hadapan hadirin, satu kaki kanan menginjak kursi takhta lagi, ruangan singgasana istana sunyi, ini sungguh kemarahan aneh luar biasa, sekonyong-konyong marah-marah, belum pernah para hadirin pejabat itu melihat kemarahan seaneh itu pula, seluruh pejabat negeri raksasa telah hadir, menundukkan kepala, pertanda siap menerima perintah apapun.

Menyalak suaranya menggeram-geram "Panglima pusat. Aku minta kepadamu! Segera panggil Resi Dengkurat Dengkurit, penasihatku, dimana dia, belum hadir!"

Jawaban panglima berbadan tegap, tetap menunduk tak berani mengangkat muka "Sedang mules melilit terserang sembelit paduka mulia, Dosadotom, penguasa planet raksasa."

"Apa! Dut! Pret! Panggil sekarang, suruh mencret di sini, di depanku", amarah itu semakin menyalak, belum selesai kalimat itu, muncul raksasa gemulai meski dia raksasa lelaki berbadan tegap.

Seraya menghaturkan sembah, ruangan penuh dengan suara bergumam seperti dengung suara drone-murahan, dibuat dari teknologi tambal sulam, buatan kaum raksasa itu, hasil dari pampasan perang planet jajahannya "Peduli tuanku maha rajaku, terganteng di semesta. Sungguh hamba sedang sembelit loh."

"Bangun dari hormatmu. Sini, berdiri di tempatmu, di samping kursi takhtaku" Terasa ada perubahan suara, semacam berlega hati, begitu deh kurang lebih.

Resi Dengkurat Dengkurit, berdiri menuju tempatnya "Ya, baik padukaku termulia. Ada apakah gerangan, sehingga paduka termulia, segaduh ini, lihat deh tuh, istana jadi porak poranda, kasian arsitek istana paduka, lagi-lagi renovasi, jangan marah lagi ya, enggak boleh emosi-an loh paduka?" Kepada para hadirin "Yuk! Menyanyi dulu biar lega hati kita semua, ikuti saya ya. Musiik!"

"Stop!" Bergema suara mengejutkan. Bagai ajaib muncul Resi Dornevan Dengkicot, kakak dari Resi Dengkurat Dengkurit. Dengkicot, segera menghampiri kakaknya, membisikkan kalimat pendek, mendadak Resi Dengkurat Dengkurit, tertawa cekikkan. Dengkicot, lanjut membisikan kalimat panjang ke telinga raja raksasa Dosadotom, seketika terbahak-bahak.

"Musiik!" Lanjut suara Resi Dengkurat Dengkurit, sembari masih cekikkan.

Himne Menolak Mimpi

Paduan suara para panglima: *Huru-hara, huru-hara, cur! Cur! Cur! Woo! Ra-kata! Woo!*

Solo **Resi Dengkurat Dengkurit:** *Mimpi itu kembang tidur, mimpi itu tak bikin merana. Mimpi itu dolanan imaji, biarkan berlalu tak jadi benalu*

Paduan suara para panglima: *Huru-hara, huru-hara, cur! Cur! Cur! Woo! Ra-kata! Woo!*

Solo raja raksasa: *Jar! Gijar gi-jor! Cur! Aku maha raja raksasa hua haha. Kami pasukan maling tak kenal ampun pembunuh kejam.*

Paduan suara para panglima: *Huru-hara, huru-hara, cur! Cur! Cur! Woo! Ra-kata! Woo!*

Solo Resi Dornevan Dengkicot: *Mimpi itu kembang tidur, mimpi itu tak bikin merana. Mimpi itu dolanan imaji, biarkan berlalu tak jadi benalu.*

Kor serentak membahana: *Maju! Maju! Ayo! Maju! Rebut! Rebut! Rebut! Planet milik manusia atau makhluk apapun. Kami bangsa raksasa tak takut mati. Nyawa kami supertekno, menggilas musuh. Ra! Ra! Ra-kata! Ra-kiti! Ra! Maju! Maju! Ayo! Maju perang! Ohoi! Manusia kami telan kalian.*

Solo raja raksasa: *Jar! Gijar gi-jor! Cur! Aku maha raja raksasa hua haha. Kami pasukan maling tak kenal ampun pembunuh kejam*

Duet, Resi Dengkurat Dengkurit, dengan, Resi Dornevan Dengkicot: *Mimpi itu kembang tidur, mimpi itu tak bikin merana. Mimpi itu dolanan imaji, biarkan berlalu tak jadi benalu*

Paduan suara para panglima: *Huru-hara, huru-hara, cur! Cur! Cur! Woo! Ra-kata! Woo!*

***

Sudut Lain Kaki Langit Cuaca Cerah

Tak ada kata lain, ia harus menemui Pertapa Bukit Embun, ia harus berpacu dengan waktu, ia nangkring sejenak di pohon jati, menulis syair pengobatan sementara, memperpanjang waktu bertahan, busana merah "Tenang adik, capung jelek akan segera kembali", sembari meninggalkan catatan, di meja kecil dekat pembaringan di antara mangkuk obat-obatan.

Itu pesan Tioning, pada busana merah, dia wajib melindungi si bungsu, meski belum waktunya busana merah mengetahui siapa sebenarnya, Tioning, mempercepat daya terbangnya menemui Pertapa Bukit Embun, berbagai perasaan kekhawatiran, kasih sayangnya tak terperi, matipun dia siap. "Glar!" Serangan mendadak nyaris menghujam dirinya, namun, ketika serangan itu tengah menuju, dia adalah Tioning, pemilik kekuatan super sakti titisan dewa, saat dia merasakan sodokan angin negatif, dari arah depan perjalanannya, saat itu pula pedang Mustika Garuda Merah dalam tubuhnya, otomatis melindungi dirinya.

Penyerang itu terpental jungkir balik, Tioning, tak menunggu lama, segera cepat mendesak lawan, dengan pukulan mematikan, totok jalan darah "Tap!" Lawan-terhuyung-huyung, dibiarkan terhempas kepermukaan tanah, tubuh lawan menjeblos masuk ke-dalam tanah, terampun-ampun "Jangan bunuh hamba. Jangan! Hamba hanya utusan pembawa berita dari planet raksasa, hamba tawanan mereka, ampun paduka mulia, angkatlah hamba, tak kuat keluar dari kedalaman ini, tolong hamba!"

Tioning, mengentakkan kaki ke-bumi, "Jlub!" Muncul begundal itu "Oh! Ternyata kamu siluman celurut, mengapakah dikau sok jago menyerangku?"

Menjelaskan dengan seluruh tubuh gemetaran "Mohon ampun paduka pangeran sakti, hamba tak bermaksud menyerang, tak sengaja batu akik di tangan hamba terlepas kearah paduka, padahal maksud hamba, sekadar melambaikan tangan ingin menghentikan laju terbang paduka untuk menerima pesan ini" Sembari menyerahkan daun waru bertulisan pesan singkat.

Seraya menerima, Tioning, tetap waspada "Lantas kenapa tadi berani bilang kau tawanan, sedang diutus? Padahal jelas-jelas kau bangsa siluman celurut-kan?"

"Mohon maaf baginda pangeran?"

"Stop! Dari tadi kau panggil aku baginda pangeran, siapa bilang aku pangeran, aku rakyat jelata, tapi bukan siluman pemamah-biak, penipu, pencuri milik sesama tengah prihatin semesta, kau mengerti maksudku?"

"Sangat paham, maafkanlah hamba, panjang penjelasannya" Siluma celurut masih gemetaran.

"Aku punya banyak waktu mendengarkan penjelasanmu. Ternyata maling seperti kamu pengecut juga ya, takut mati ya, takut kelaparan ya, aku kira kamu satria celurut kebal hukum, ternyata nyalimu segede kepinding, makhluk golongan macam kamu ini membahayakan sesama, pasti kalau ada kesempatan kamu beraninya menusuk pedang dari belakang, setelah ngitip kiri kanan tak ada saksi mata hihihi, oh siluman celurut ternyata bisa rakus juga ya, tak cuma golongan raksasa dungu penjilat iblis Dalgodot. Yak! Mulai, jelaskan" Siluman celurut menjelaskan duduk perkaranya, hingga bangsa mereka disebut bangsa tawanan, atau serupa budak terendah di kerak neraka.

"Sial betul hidup kalian, itu disebut karma perbuatan negatif, makhluk seperti kamu percaya karma negatif atau tidak, percaya atau tidak keturunanmu akan terkena tulah dari perbuatanmu, pasti otakmu sudah jadi kaleng rombeng, perasaanmu sudah jadi ember plastik, otakmu sudah dicuci raksasa pemuja iblis Dalgodot, itu sebabnya kau lakukan apa saja terpenting bangsa siluman celurut macam kamu makan kenyang, iya kan? Iya atau tidak? Kenapa diam. Enggak percaya ya dengan karma negatif, jangan sok bernalar kalau tak paham, fisikmu akan membusuk di dalam tanah, kapan pun jika waktunya tiba, akibat perilaku kalian sendiri, sudah dikutuk jadi celurut, tak membuat kalian menjadi lebih baik, malah jual diri kesana-kemari, demi asal untung, bangsa kalian nyelonong sesuka hati, nyolong pun, kalian kerjakan. Entah berapa juta tahun lagi kutukan kepada kalian bangsa celurut, kalau kalian tak segera memperbaiki rasa perilaku kalian, oke, diam di tempatmu, aku baca dulu, apapun maunya pesan singkat ini."

Tioning selesai membaca pesan singkat itu "Baiklah, segera aku penuhi pesan ini! Cepat minggat, sebelum aku berubah pikiran!" Siluman itu, lari pontang-panting, berlompatan tak karuan, ketakutan terjungkal-jungkal, lompat, jatuh, bangun, sungguh ketakutan "Cepat menghilang! Sebelum aku lempar dengan pedangku! Beraninya menusuk dari belakang, dungu."

Tioning, memutuskan melanjutkan perjalanan, lebih baik, menembus gangguan para siluman, dibanding melayani pesan tertulis di daun waru itu, tak ayal lagi dia melesatkan diri menuju Pertapa Bukit Embun, meskipun, dia terus-menerus mendapat berbagai gangguan, dari para siluman.

***

Gangguan Siluman Bau Menyebalkan

Sekelompok siluman sedang berunding, intinya mengganggu perjalanan Tioning, dengan cara apapun, terlihat sepoi-sepoi di antara angin berbau tak sedap, angin kejahatan terencana, para siluman cacing, siluman lintah, siluman laron, siluman belalang, siluman lebah, siluman-siluman serangga bau tak sedap lainnya, merencanakan, serentak mencegat, Tioning, dengan serangkaian serangan mematikan. "Walah, berani nekat mereka."

Strategi telah matang menjebak, Tioning, dengan bau amoniak dari tubuh serangga terbau, begitu Tioning, terjungkal jatuh ke-tanah, siluman cacing akan melilit, mengeluarkan racun hingga, Tioning, mampus, setelah para siluman lebah menyengat bertubi-tubi. Siluman laron segera menyebarkan kotoran terbau pula ke-tubuh, Tioning, mempercepat kematiannya, siluman belalang akan menggigit bagian vital, Tioning, sampai putus, wah, gawat.

Tugas terakhir siluman lintah, menyedot tubuh Tioning, sampai kering, sekalipun sudah mampus, rencana matang telah ditetapkan, waktu berikut tempatnya, di atas pegunungan salju perbatasan, Asia Besar, dengan daratan benua kuning "Wah! Gile bener."

Tertampak di angkasa, Tioning, dengan kecepatan suara super kilat, melesat bagaikan roket tanpa awak, tengah menuju nebula black hole akan menembus white hole. Para siluman itu, entah lupa entah bego, Tioning, titisan anak dewa, dia dilindungi setiap detik oleh frekuensi kahyangan, itu sebabnya gravitasi mampu mendorong lebih cepat tubuhnya di angkasa, berpuluh kali lipat kecepatan suara.

Dasar siluman, namanya juga siluman, tetap pandir meski berasa sakti, rancangan rencana boleh saja, tapi sayangnya masih kelas amatiran, hii hihihi, kasian deh kalian, bakal porak poranda, dasar siluman berotak di kaki, berkepala di dengkul.

Tioning, telah menerima sinyal frekuensi negatif, segera dia merentangkan dua tangan, sepasang pedang Mustika Garuda Merah, melesat mendahului tubuhnya bagai rudal antar benua "Kali ini aku tak ada waktu meladeni kalian, demi jagat semesta utusan suci Jagad Dewa Batara. Musnah kalian." Hup! Hit! Blasz! Meluncur seberkas cahaya dari pedang Mustika Garuda Merah, wuss! Para siluman itu meledak terbakar, mereka tak menduga serangan cepat dari Tioning, para siluman tak mampu berkiprah, kelojotan, langsung mampus, hancur lebur "Glaar!"

Pedang Mustika Garuda Merah kembali ketubuh, Tioning. Cuaca bening sejuk seterang angkasa, suara ibunya di telinga kanan "Segera masuk ke-awan terbening, di situ Pertapa Bukit Embun, bermukim", suara itu kembali menyirna.

"Ibu?" Tioning, terharu hatinya, berbagai nuansa perasaan, dia segera menembus awan terbening, cahaya berkilatan indah, pintu awan-awan bagaikan teratai terbuka, dia melayang di ruang hampa sejenak, tak lama cahaya-cahaya membawanya menuju bukit-bukit terindah dalam hidupnya, belum pernah ada dalam rekaman data di kepalanya, ruang estetis ter-sublim ini "Terima kasih ibu."

Dia memasuki lorong cahaya memanjang, berjuta butiran para cahaya membawanya ke-sebuah tempat serba subur serupa di bumi, pepohonan suara-suara kehidupan alam surgawi-kah ini, benaknya terasa nyaman, para cahaya terus membawanya, hingga dia diturunkan di depan pohon terindah teramat cantik gigantik, menggugah sugesti pranala dalam benak nurani.

"Silakan masuk cucuku." Suara dari dalam pohon super raksasa itu, seperti pernah dikenalnya.Tanpa ragu Tioning, masuk kedalam pohon tanpa pintu "Sring! Flash!" Sebuah alam sangat sejuk, oksigen terasa lebih banyak dari di luar tadi, sepasang burung nuri menghampiri Tioning, hinggap sejenak di pundaknya, lalu terbang mengitarinya

"Hei, ganteng. Ikuti kami."

"Oke deh. Kalian siapa?"

"Kami pasangan abadi, *due couple of love*, itu julukan kami."

"Oh? Begitu ya."

"Criit! Cit! Adaptif, saling melengkapi, kalau dalam bahasa leluhur, julukan kami, karena sepasang cinta, ciit! Cericit!"

"Keren, bisa jadi judul puisi dong? Kalian pasti pemilik kitab the poem of love."

"Ciiit! Cericit! Hamba dilahirkan dengan takdir seperti itu, adakah hal salah dengan hal itu, bahasa-bahasa alam ilahi saling beradaptasi, hal itu pula membuat makhluk mampu untuk saling berkomunikasi-kan, ganteng?"

Kedua nuri nangkring di pundak, Tioning "Toss!"

Dari kejauhan gemerlapan cahaya berkilatan sewarna perak, kami semakin dekat, segera menghaturkan hormat, sebagaimana tata krama semesta kami, murid menghormati guru "Selamat datang cucuku." Suara Begawan Bumi, terasa sesejuk embun di daun-daun, sekitarnya, entah mengapa, hamba super takjub, ada ya alam di dalam pohon seindah ini, sepasang nuri berpamitan santun berbahasa leluhur mereka, serupa bahasa sanskerta, tapi bukan, mungkin semacam bahasa nirwana barangkali, seirama keindahan meresap di bola mataku.

Terjadi pranala dialogis, sekilat, perubahan cuaca seperti film kaleidoskopis, berubah-ubah, tanpa terasa, perbincangan pertemuan itu, menjelaskan banyak hal, dari tekno kasat mata jurus makhluk, termasuk manusia pada umumnya, hingga tingkat dewa. Aku seperti mendapat kitab keilmuan kebudayaan kehidupan, menjadi di-pahamkan, mengapa manusia, masih gemar arogan, kadang kala pula lupa ingatan, disebabkan, oleh karena-keterbatasannya, bahkan konon, ada juga manusia mati penasaran, oleh sebab pula, ingin mengalahkan Sang Penciptanya-beli jimat anti mati, suatu kepandiran luar biasa.

Ikhlas, makrifat mulia dari risalah keilahian. Bukan manusia memuja manusia atau jimat anti mati. Seluruh ungkapan jiwa akan aku sampaikan, telah terjawab, sebelum sempat tersampaikan secara verbal, entah memiliki kebenaran atau ketulusan super luas, Begawan Bumi, telah mengurai semua hal belum terucap, dari dalam benakku, sunguh super bening jiwa sosok di hadapanku ini.

Setelah nuri kembali hadir, menyematkan sesuatu, masuk kedalam tepat di tengah dahiku, lantas dengan santai si-nuri merah bertengger di pundak Begawan Bumi, sebelah kanan, sedangkan si-nuri putih bertengger di pundak kananku, tak lama bagai ajaib, aku telah berada di luar pohon, setelah upacara tata krama, berpamitan.

***

Melankolis Ruang Isolasi Istana Alegadut

"Hihihi, bertaring, bau bangkai dari mulutmu, bertubuh gempal, raksasa tapi bego, bisa aku bodohi hihihi. Dia belum tahu, siapa aku sesungguhnya, ooi! Aku sadar melihatmu, tidak pingsan seperti kau lihat, tolol", ilmu menekan nadi menyerap oksigen dari pori-pori tubuh, hanya dimiliki oleh makhluk super sakti, setingkat dewi-dewi kahyangan, ahli mengolah kesaktian, disebut 'pancer urip ari-ari' itu sebabnya pula bayi dalam kandungan ibu, hidup sebagaimana kehendak ketentuan-Nya.

Sejak kasmaran raja raksasa Dosadotom, memandangi kecantikan putri di balik ruang transparan bagai tertidur nyenyak, sesekali si raja raksasa, seperti melihat cahaya aura setipis kabut, lantas pesona cantik dari paras ayu itu, semakin menghipnotis, menambah ketakjuban, jatuh tersungkur di hati kelam dalam jiwa Dosadotom. "Apakah tak sebaiknya, aku minta menjadi makhluk seperti mereka ini ya, keren, cantik, ayu ning sejagat. Tapi apa-iya, para dewa mau memaafkan hamba, telah membuat kekacauan sejak nenek moyangku. Bodok amat! Apa-iya si cantik ini takkan mengalah, lantas melompat memelukku, sebab aku gagah perkasa, hua-haha-ha, wak-ka-kak!"

"Gundulmu! Siapa mau dengan makhluk bangkai hidup sepertimu." Raja raksasa, terus memandangi, dia tak tahu semakin dia melihat, kearah sang permaisuri cantik-ayu itu, semakin terbaca segala hal di benak raja raksasa itu.

"Aku mencoba meminta kekuatan dari paduka iblis Dalgodot, tuanku penguasa iblis neraka. Dia, pasti minta bayaran seekor kobra muda, sial betul, dia penggemar kuliner satai itu, tapi dia maunya pasti kobra muda keturunan dari sepasang siluman ular berkepala seribu wah! Repot. Tapi, hanya paduka tuan Dalgodot, penolong sejati, dia pula telah memberi aku kekuasaan setinggi ini, kekuatan nyawa berlapis-lapis serupa kue lapis, baiklah, aku harus bertempur sekuat tenaga melawan siluman ular itu, pasti siluman ular geblek itu minta taruhan takhta-ku! Woo-ke! Apa boleh buat demi calon permaisuriku." Raja raksasa memberi kecupan teramat mesra dari balik pelindung transparan berbentuk serupa kubus kaca zaman modern "Kecup, si cantik-ayu ini. Kecup! Lagi, kecup! Lagi."

Di benak permaisuri ayu itu "Dogol! Otak udang, penculik sialan, beraninya dengan perempuan, aku habisi saja dia sekarang hih! Sabar Betari Kalasuci, sing sabar", suara di suksma-nya.

***

Sisi Lain Kebudayaan Belahan Bumi Sebaliknya

"Kali ini hamba bersama Pak Dalang, dalam carangan kisah ini dikejutkan oleh kebudayaan super modern dibelahan bumi sebaliknya, mengerti atau tidak, mari kita saling memahami." Gending cinta sejagat, dimainkan, oleh para panakawan dari desa Karang Tumaritis, membahana menjadi musik illustrasi mengiringi, pemandangan sedang kami saksikan.

Pak Dalang: Kisanak Bagus, mereka ini makhluk, apa-an ya.

Kisanak Bagus: Hamba belum pernah melihat sosok berzirah keren seperti itu, Pak Dalang.

Pak Dalang: Mereka ini semacam robot-robotan itu ya?

Kisanak Bagus: Mungkin saja. Robot itu, menyulap diri sendiri sehingga menjadi tekno begitu.

Pak Dalang: Lah, kok malah panjenengan bingungke, toh yo.

Kisanak Bagus: Lahh! Niku, Pak Dalang, hamba ya tak tahu persis, asal usulnya.

Pak Dalang: Coba Gareng atau Petruk, di telepon, apakah gerangan dia mengetahui? Mungkin saja makhluk itu, karangan dari ke-usil-an mereka loh ya, bisa jadi toh.

Kisanak Bagus: Jangan-jangan geng para panakawan itu, diam-diam telah menciptakan teknologi se-modern itu, kalau menilik asal usul mereka, anak dari keturunan dewa.

Pak Dalang: Leres pisan, dikau lumayan cerdas, lulusan dari almamater manakah panjenengan?

Kisanak Bagus: Wuih! Nyuwun pangapunten, Pak Dalang, rahasia.

Pak Dalang: Sesama rekan seniman dilarang mbulet loh, wajib jurdil Bro.

Kisanak Bagus: Hehehe. Wah! Mereka bisa terbang dengan sistem roket zaman super tekno.

Pak Dalang: Edan tenan! Robot canggih zaman kontemporer, hahaha, dunia terbalik jungkir balik, hei! Wong! (Dalang mencabut wayang dari gedebok pisang) Silakan anda lanjut menulis carangan, wong! Gong! Gendang! Eeala-tak tung-jer! Waaa-ki-du! Sir! Sir! Suara gendang bertalu-talu.

Lantas, keduanya menyanyi riang gembira "Ini dia gendang melayu. Suaranya bertalu-talu, jadi pantun silaturahmi sesama anak negeri, mari kemari, kita bernyanyi, mari kemari kita menari."

"Jangan malu-malu, kita bersaudara bersuku-suku, mari kemari kita bersatu, mari kemari kita menari."

"Wahai adik si baju biru, wajahmu cantik seperti langit biru, songketmu indah sulaman permata berkilat-kilat, mari kemari kita menari, mari kemari kita bernyanyi."

"Plak! Plak! Pung! Dung dung jer! Mari adik abang belikan kain beludru, bersulam dari Persia, ini di hati dikau selalu, ini dia suara abang merdu, mari adik kita menari, hati ini riang selalu."

Pak Dalang: Mega-mega berarakan, stage scenery, berubah rupa menjadi kisah dalam jiwa imajinasi, karena ini hanya carangan imajinatif, hiburan di rumah saja, tak perlu risau tak perlu bercuriga, takkan berguna mencurigai sebuah cerita imajinasi, karena negeri ini, negeri para pujangga, bukan negeri para raksasa.

Kisanak Bagus: Pak Dalang, memainkan cerita wayang sepanjang zaman, para pengarang terus menulis arti bermakna, dalam kisah-kisah bagai babad sejarah, ada luka menganga, ada perih, ada gembira di antara cerita cinta berakhir bahagia, tak jadi merana.

Pak Dalang: Perubahan merupakan kenyataan lahir dari badan, itu sebabnya, jiwa negeri bukan jiwa omong-kosong, jiwa negeri, etos senantiasa bangkit, dalam kenduri besar kehidupan, kompak selalu menjaga negeri tercinta.

Pak Dalang serentak Kisanak Bagus: Salam bahagia.

***

Keadaan cuaca menjadi rona-merona sesuka waktu, makhluk robot-robotan, serupa mainan manusia, ternyata berkerumun cukup banyak, mereka bersarang di antara dua bukit di perbatasan dua benua, dengan bahasa tekno mereka, serupa morse sandi-sandi, angka-angka kelipatan matematis, mungkin, ini dugaan sementara, menilik bahasa mereka singkat-singkat tanpa panjang lebar berbasa-basi.

Olala, masih terus berdatangan makhluk-makhluk luar angkasa itu, dari berbagai penjuru, ada berbentuk bagai ular naga panjangnya, ada berbagai ragam pesona tekno, terus hadir menggemuruh, ada super kalajengking, mendesis-desis "Zisss! Ziiiss!"

Para robot seperti mainan itu, segera berbaris sesuai komando pemimpinnya, terlihat lebih besar dari lainnya, bersuara kanon, dengan bahasa per-stakato, hap hip hup, lainnya memberi hormat, mengeluarkan bahasa serupa "Zrong! Hong! Song!"

Pasukannya berteriak serentak "Zrong! Hong! Song!"

Pak Dalang: Inikah isyarat perang tekno versus kesaktian tradisi Jagad Dewa Batara?

Kisanak Bagus: Belum tahu Pak Dalang. Mungkin-iya, mungkin juga-tidak.

Jakarta Indonesia, January 16, 2021

Tentang Penulis

TAUFAN, SANG PENGEMBARA

Taufan, demikian dia biasa dipanggil, lahir di Jakarta 15 Mei 1956. Dia masuk Teater Koma pada tahun 1982. Teater koma didirikan di Jakarta, 1 Maret 1977. Saat Taufan datang, saya tengah menyiapkan pentas *Trilogi Kecoa* bagian pertama, Bom Waktu. Dia memilih menjadi aktor. Keinginannya saya akomodir. Dia memainkan peran 'gelandangan', mendampingi aktris Ratna Riantiarno yang berperan sebagai pemimpi dan selalu mengeluh kepada rembulan..

Pentas Teater Koma 1983, *Opera Ikan Asin,* adalah sebuah lakon yang disadur dari karya Bertolt Brecht, *The Three Penny Opera.* Taufan bermain sebagai Komisaris Polisi Brown yang korup. Dalam *Opera Ikan Asin,* nama Brown berubah menjadi Kartamarma. Taufan memainkan perannya dengan bagus. Totalitasnya patut dipuji. Pada pentas 1984, dia terlibat pula dalam lakon karya Shakespear, *The Comedy of Eror.* Dan dalam *Opera Kecoa,* bagian dua *Trilogi Kecoa,* 1985, ia memainkan peran Tamu Dari Jepang.

Totalitas dan semangat pencarian hingga ujung, seakan tak pernah padam. Dengan intens dia melakukan observasi dan pendalaman, lalu menyodorkan berbagai usulan. Sebagai Tamu Dari Jepang, dia harus mampu bicara bahasa Indonesia dengan aksen Jepang yang *medok.* Untuk itu dia rajin bertanya kepada orang-orang yang mampu berbahasa Jepang dan menimba pengetahuan tentang Jepang serta cara-cara orang Jepang berbicara Bahasa

Indonesia. Dia berhasil. Permaianannya dalam *Opera Kecoa* dipuji banyak kritikus.

Pada 1985, dia mulai melibatkan diri ke dalam urusan grafis. Bersama seniman FX Harsono dan Gendut Riyanto, dia terlibat dalam penggalian konsep grafis *Opera Kecoa.* Dan keterlibatan itu berlanjut hingga penggarapan konsep grafis *Opera Julini* (1986), *Wanita-wanita Parlemen* (1986) dan *Banci Gugat* (1989). Pada *Perkawinan Figaro* 1989, dia menggarap keseluruhan pekerjaan grafis. Sementara itu, tugasnya sebagai aktor tetap tidak ditinggalkan.

Sejak 1982 hingga 1987, Taufan terlibat dalam setiap produksi Teater Koma. Sesudah *Opera Kecoa,* dia bermain sebagai gubernur yang mendadak buta setelah menyaksikan kemiskinan dalam *Opera Julini,* bagian tiga *Trilogi Kecoa.* Dia juga bermain dalam *Wanita-wanita Parlemen* karya Aristophanes dan *Animal Farm* karya George Orwell, 1987.

Agaknya ada masa-masa pencarian jati-diri lewat berbagai pengembaraan artistik. Dan upaya itu menyebabkan Taufan beberapa kali tak terlibat sebagai pemain. Meski begitu, dia tetap membantu grup dalam urusan grafis. Pada tahun 1987, Taufan menceburkan diri ke dalam Kelompok Senirupa Baru dan ikut menggarap kegiatan seni yang bertajuk; *Proyek 1.* Dia masih bermain sebagai Durga dalam *Konglomerat Burisrawa,* 1989, dan memerankan Absalom dalam *Suksesi,* 1990. *Suksesi* dilarang polisi pada hari pementasan ke-11 dan langsung menggegerkan karena disusul denngan pelarangan pentas *Opera Kecoa.*

Pelarangan berbagai pementasan, menyebabkan terjadinya berbagai perubahan dalam pemilihan bentuk pentas Teater Koma. *RSJ* atau *Rumah Sakit Jiwa,* 1991, adalah lakon yang dipentaskan Teater Koma pasca pelarangan. Meski diulas secara positif, RSJ dianggap berbeda dengan bentuk pentas-pentas Teater Koma sebelumnya. Demikian menurut bahasan para kritikus. Dan dalam *RSJ*-lah Taufan menjalankan tugas sebagai 'penata artistik' Teater Koma, untuk yang pertama kali. Meski, dia masih tetap merangkap sebagai pemain.

Sikap kerja Taufan dalam menangani urusan penataan artistik, sangat menarik hati saya. Dia selalu total. Mungkin memang demikian sifat dasarnya. Dia selalu ingin terlibat dalam urusan-urusan yang menyangkut perkara artistik. Suatu kali saya pernah memberi tahu, bahwa, di dalam tradisi manajemen teater Barat yang profesional, 'penata artistik' adalah jabatan yang sangat penting dan ikut menentukan. Penata artistik, biasanya membawahi urusan busana, *property,* rias wajah-rambut, *builder* dan pencahayaan. Malah sebaiknya, dia juga harus terlibat aktif dalam urusan pemilihan desain grafis.

Taufan menyerap pemahaman dunia artistik sebagai totalitas kreatif yang mempersatukan benang merah konsep. Saripati. Roh. Komitmen kultural. Dia menghadapi bidang kerjanya nyaris sebagai 'sebuah peperangan' yang harus dimenangkan. Apa pun akibatnya. Kadang malah sering terkesan, dia menhadapinya sebagai 'perjuangan suci'. Dia bisa meledak marah jika ada yang berniat menodai. Dia sangat ketat menjaga kemurnian 'wilayah'-nya.

Tak heran, jika ada masa-masa dia menjalani pekerjaan kreatifnya dengan sangat tegang. Tapi bagi saya, semangat Taufan selalu menimbulkan inspirasi. Saya sering kaget jika dia mendadak mengemukakan pendapat yang 'ekstrim'. Tapi seketika saya tergugah dan dengan hati-hati coba menelusuri jalan pikiran serta sumber ekstrimitasnya itu. Nampaknya, semua enerji berlebih itu bersumber dari semangat yang menggebu. Dia selalu berusaha agar api semangat terus berkobar. Tidak padam. Dan itu adalah modal yang sangat berharga. Bagi seniman, bukankah memang demikian seharusnya?

Sesudah RSJ, menyusul *Tiga Dewa dan Kupu-kupu*, 1992, adaptasi dari karya Bertolt Brecht, *The Good Person of Schezchwan*. Saya mempercayakan tugas penataan artistik kepada Taufan. Enerjinya yang berlebih seakan menemukan wadah dan mebuahkan sebuah konsep visual yang bikin saya terperangah. Dia ingin membuat 'sampah peradaban dua dimensi' yang akan dipasang sebagai *backdrop* dan menjadi latar belakang dari seluruh *scenery*. Besar 'sampah peradaban' dirancang sekitar 14 X 6 meter. Saat itu, istilah seni *instalasi* belum populer. Taufan pun tak tahu apa nama dari jenis dan bentuk senirupa semacam itu. Tapi saya langsung menyetujui, setelah dia mempresentasikan desain dasarnya. Akibatnya saya harus berkelahi dengan Ratna Riantiarno, yang menjabat pimpinan produksi. Biaya pembuatan *backdrop* 'sampah peradaban' sangatlah mahal. Produksi tak akan mampu membiayai. Tapi saya berdalih 'demi kepentingan artistik'. Ratna akhirnya mengalah dan menyetujui.

Agaknya, karena berniat keras menjadi penata artistik yang baik dan *mumpuni*, Taufan mempelajari berbagai pengetahuan teori penataan artistik. Dia juga tekun menyerap rahasia ilmu seni-cahaya. Dia merasa, dukungan pencahayaan yang baik dan terkonsep akan membikin karya artistiknya menjadi lebih eksis. Dalam RSJ, dia memang merangkap jabatan sebagai desainer pencahayaan.

Lewat pendekatan simpatik, Taufan berhasil memboyong beberapa perupa handal yang bersedia membantu pembuatan 'sampah peradaban'. Mereka tertarik dengan konsep *backdrop* 'dua dimensi' itu dan tidak memperhitungkan masalah imbalan jasa. Dengan demikian, ongkos pembuatan *backdrop* jadi tidak semahal seperti yang dibayangkan sebelumnya. Meski begitu, bagi Teater Koma, ongkos pembuatan *backdrop* Taufan tetap saja terasa mahal.

Tapi, hasil yang dicapai memang luar biasa. *Backdrop* 'sampah peradaban' hadir dengan indah, unik, gigantik, teatral, spektakuler, bermakna dan ikut memboboti pesan maknawi *Tiga Dewa dan kupu-kupu.* Apa pun set-dekor yang mewadahi adegan, 'sampah peradaban' tetap nampak. Kadang hanya *nongol* separuh, sepertiga atau seluruhnya. Set adegan pabrik tembakau, saat Sente (pelacur yang baik hati) berubah menjadi Suta (kapitalis penghisap tenaga buruh), berhasil menyiratkan suasana sumpek sebuah pabrik tembakau. Desain cahaya garapan Taufan ikut mendukung terciptanya suasana itu. Dalam ceramah teater di lima kota di Australia, 1993, foto hasil tata artistik *Tiga Dewa dan Kupu-kupu,* saya pamerkan. Semua terperangah. Tak terbayangkan, *The Good Person of Schezchwan* dipentaskan dengan dukungan artistik sedahsyat itu. Kami lalu membahasnya. Mereka bertanya, "Siapa desainernya?" Saya jawab bangga. "Seniman Teater Koma, Taufan S. Chandranegara namanya."

Taufan adalah aktor yang berbakat. Dia penata artistik yang telah banyak mengkontribusikan hasil karyanya bagi Teater Koma. Sesudah *Tiga Dewa dan Kupu-kupu,* dia menangani penataan artistik, sekaligus desain pencahyaan pentas-pentas; *Tenung, Ubu Roy* karya Alfred Jarre, *Rampok* karya Fredrich Schiller, *Roman Yulia* karya Shakespeare. Juga beberapa naskah drama yang saya tulis, seperti; *Opera Ular Putih, Cinta yang serakah, Republik Bagong, Sembelit, Presiden Burung-burung, Kala* dan *Republik Togog*.

Dalam *Opera Ular Putih*, 1994, Taufan menggunakan berbagai kain layar yang dilukisi sebesar frame panggung sebagai medium pengucapan artistiknya. Dalam *Republik Bagong*, 2001, dia coba menyatukan layar *drawing*, bangunan batang-batang bambu betung (yang jika dijumlah beratnya seluruhnya mencapai 2 ton dan dibeli dari sebuah desa kecil di Cirebon), serta multi-media.

Di luar Teater Koma, Taufan juga sering berperan sebagai penata artistik pentas yang saya garap secara kolosal. Antaranya; *Rama Shinta, Mahabharata*, dan *Opera Anoman*. Taufan pun memiliki pengalaman lapangan dalam menangani penataan artistik film televisi garapan saya. Antaranya; *Suryakanta Kala* (3 episode) dan *Cinta Terhalang Tembok* (6 episode).

Sejak 1997, Taufan mulai melirik 'wilayah lain dalam teater', yakni penulisan dan penyutradaraan. Dengan sangat meyakinkan, dia berhasil mengajak seniman-seniman untuk bergabung dan mendukung impiannya. Dia mendirikan kelompok teater yang diberi nama Teater Dur. Rencana pementasan dirancang dan beberapa kali kelompok teaternya naik pentas di Gedung Kesenian Jakarta.

Yang menggembirakan adalah, pilihan bentuk teaternya sangat berbeda dengan bentuk Teater Koma. Demikian pula naskah drama yang dia tulis. Saya selalu was-was jika anggota Teater Koma yang kemudian mendirikan kelompok teater, merasa wajib meng-copy bentuk pementasan Teater Koma. Jika hanya 'merasa wajib', itu sikap yang keliru. Pilihan bentuk, sebaiknya selalu mendasarkan kepada kebutuhan roh artistik. Bisa serupa dengan sumbernya, tapi malah bisa pula sangat bertentangan. Dan Itu sah. Seniman memiliki kebebasan mematok pilihan.

Saya merasa, Taufan sedang mengembara dalam upaya pencarian sebuah bentuk teater yang paling pas bagi dirinya. Memang jalan pengembarannya masih panjang. Tapi saya yakin, dia akan menemukannya kelak. Apa sesungguhnya pilihan yang hendak di raih Taufan?

Mungkin terlalu dini jika saya menyimpulkannya sekarang. Bukankah Taufan masih berproses? ada banyak pilihan utama dan sub-pilihan artistik yang masih silang siur di benak kreatifnya, dan entah mana yang akan dipilih. Tapi sekilas saya melihat, jika keliru kelak boleh di koreksi, Taufan sedang memburu esensi dari Teater Bentuk. Sebuah bentuk Teater Senirupa yang berkolaborasi dengan berbagai unsur seni di luar seni-teater. Mungkin pencahayaan akan jadi titik tolaknya, sebab itu adalah bidang keahlian Taufan. Mungkin 'akting' yang akan mendominasi, sebab dia juga aktor. Atau, mungkin artistik secara keseluruhan yang akan dimanfaatkan sebagai dasar berangkat kreatifitasnya. Tapi semua pilihan yang berhasil diraih dalam pengembaraan, akan bernuara kepada bentuk Teater Senirupa yang kontemplatif. Ini prediksi saya, untuk sementara.

Pada tahun 2000, Taufan memberitahu bahwa dia melai melukis. Saya menyambut pemberitahuan itu dengan sangat gembira. Beberapa foto hasil karya lukisannya dia beberkan. Dan sama seperti pendapat saya saat dia menghadapi tugas artistiknya, entah sebagai pemain atau sebagai penata artistik atau sebagai desainer pencahayaan, semangat yang menggebu dan totalitas enerji yang entah dari mana sumbernya, sangat terasa. Memancar dari hasil karya lukisnya itu, meskipun baru lewat foto-foto. Dia sama sekali tidak membicarakan rencana berpameran. "Saya hanya ingin melukis," katanya. "Ini pengembaraan saya dalam memburu kebenaran artistik."

Saya termangu. Begitu banyak yang tengah dia buru. Hampir semua jalan-darah seni-teater dia lakoni. Berbagai tindak kreatif dia gebrak. Semangatnya tidak meluntur, malah semakin menggebu. Dan itu hanya bisa dilakukan oleh seniman yang memiliki enerji berlebih. Enerji yang bersumber dari komitmen kultural.

Kesenian-teater berawal dari ide, konsep. Ide atau konsep melahirkan tema. Tema menjadi *premise,* siratan dari 'apa yang hendak diucapkan lewat pentas teater'. *Premise* berlanjut dengan penulisan drama. Dan Drama, hanya sebuah rancangan, *draft,* bahan dasar kreatif yang harus mampu mengkolaborasikan seluruh unsur artistik, baik visual maupun audio. Para aktor bertugas mencipta 'sebuah inti kehidupan' lewat naskah drama itu. Sutradara bertugas memandu terjadinya kolaborasi teatral. Di dalam teater, semua unsur adalah penting. Jika tidak penting, tentu tak akan di hadirkan. Lewat teater, apa pun jenis dan bentuknya, tafsir terhadap alam dan kehidupan digelar. Dan itulah wujud dari rasa terimakasih para seniman teater terhadap alam dan kehidupan.

Dan nampaknya, Taufan tengah menyiapkan sebuah 'pentas teater', lewat medium kesenian yang tengah diburu untuk diyakini. Mungkin kegiatan artistik itu mengalir begitu saja, seperti air sungai mengalir ke laut. Tak pernah diren-canakan sebelumnya. Upaya dalam memburu 'kebenaran artistik', mungkin akan melewati berbagai jalan yang tak terduga. Bisa lurus, atau berbelok-belok, berhenti sejenak, kemudian mengalir lagi mencari muara, lalu berkumpul di dalam sebuah 'laut kebenaran'. Seperti sifat dasar air, yang dirangkum Lao Tzu dalam Tao Te Ching, dengan sangat indah dan bermakna: *Air selalu mencari tempat yang rendah. Tidak berdesakan. Tidak pernah berebutan. Berhenti sejenak jika ada yang menghalangi. Untuk kemudian berbelok ke kanan atau ke kiri. Atau meresap ke dalam tanah. Lalu muncul di sebaliknya. Dan melanjutkan perjalanan. Menuju tempat yang rendah.*

Apa pun yang berhasil diraih Taufan dari pengembaraan, yang nampaknya tak pernah selesai, akan menjadi bekal berharga bagi keseniannya. Taufan adalah konsep, ide, tema, *premise,* drama, sutradara sekaligus aktor, dan juga pentas. Terus terang, jarang seniman yang memiliki enerji seperti Taufan. Dan itu sangat membanggakan. Saya bangga kepadanya.

Jakarta, 9 Juli 2004. NR.

www.ingramcontent.com/pod-product-compliance
Lightning Source LLC
LaVergne TN
LVHW090427051026
849518LV00006B/2465

* 9 7 8 6 2 3 6 4 8 8 6 5 2 *